긴 밤을
어떻게 새울까

긴 밤을 어떻게 새울까

초판 1쇄 인쇄 _ 2015년 9월 25일
초판 1쇄 발행 _ 2015년 9월 30일

지은이 _ 이병주

엮은이 _ 김윤식·김종회

펴낸곳 _ 바이북스
펴낸이 _ 윤옥초
책임편집 _ 김태윤
편집팀 _ 도은숙
책임디자인 _ 이민영
디자인팀 _ 이정은

ISBN _ 979-11-5877-000-6 03810

등록 _ 2005. 7. 12 | 제 313-2005-000148호

서울시 영등포구 선유로49길 23 아이에스비즈타워2차 1005호
편집 02)333-0812 | **마케팅** 02)333-9918 | **팩스** 02)333-9960
이메일 postmaster@bybooks.co.kr
홈페이지 www.bybooks.co.kr

책값은 뒤표지에 있습니다.

책으로 아름다운 세상을 만듭니다. — 바이북스

이병주 에세이

긴 밤을
어떻게 새울까

김윤식·김종회 엮음

바이북스
ByBooks

일러두기

1. 연재 당시의 내용을 그대로 살리되 편집상의 오류를 바로잡고 기본 맞춤법은 오늘에 맞게 수정했다.

2. 인명·지명·서명·식물명 등은 원문의 것을 그대로 살리되, 독자의 이해를 위해 현대식으로 표기하거나 현대식 표기를 병기한 경우도 있다.

왜 지금 여기서 다시 이병주인가

100년에 한 사람 날까 말까 한 작가가 있다. 이를 일러 불세출의 작가라 한다. 나림 이병주 선생은 감히 그와 같은 수식어를 붙여 불러도 좋을 만한 면모를 갖추었다. 그의 소설은 《관부연락선》, 《산하》, 《지리산》, 《그해 5월》 등을 통하여, 한국 현대사를 매우 사실적이고 설득력 있게 문학이라는 그릇에 담아낸다. 동시에 〈소설·알렉산드리아〉, 《행복어사전》 등을 통하여, 동시대 삶의 행간에 묻힌 인간사의 진실을 '신화문학론'의 상상력을 활용하여 문학의 그물로 걷어 올린다.

그의 소설이 보여주는 주제 의식은 그야말로 백화난만한 화원처럼 다양하게 펼쳐져 있다. 《예낭 풍물지》나 《철학적 살인》 같은 창작집에 수록되어 있는 초기 작품의 지적 실험성이 짙은 분위기와 관념적 탐색의 정신으로부터, 시대와 역사 소재의 작품에서 볼 수 있는 숨겨진 사실들의 진정성에 대한 추적과 문학적 변용, 현대 사회 속에서의 다기한 삶의 절목節目과 그에 대한 구체적 세부의 형상력 등을 금방이라도 나열할 수 있다.

더욱이 현대 사회의 삶을 주된 바탕으로 하는 작품들에서는, 천차만별의 창작 경향을 만날 수 있다. 1980년대 이후에는 《허망의 정열》, 《그 테러리스트를 위한 만사》 등의 창작집에서 역사적 사건과 현실 생활을 연계한 중편이나 함축성 있는 단편 들을 볼 수 있는데, 여기에까지 이르면 이미 그의 작품에 세상을 입체적으로 바라보는 원숙한 관점과 잡다한 일상사에서 초탈한 달관의 의식이 깃들어 있다.

이병주는 분량이 크지 않은 작품을 정교한 짜임새로 구성하는 능력이 뛰어나지만, 그보다 부피가 창대한 대하소설을 유연하게 펼쳐나가는 데 훨씬 더 탁월하다. 일찍이 그가 도스토옙스키의 《죄와 벌》을 읽고 그 마력에 사로잡혔다고 고백한 것도 이 점에 견주어 볼 때 자못 의미심장하게 여겨진다. 길다면 길고 짧다면 짧은 한국 현대 문학사에서 이병주와 같은 유형의 작가는 좀처럼 다시 발견되지 않는다.

그 자신이 소설보다 더 파란만장한 생애를 살았던 체험의 역사성, 박학다식과 박람강기를 수렴한 유장한 문면, 어느 작가도 흉내 내기 어려운 이야기의 재미, 웅혼한 스케일과 박진감 넘치는 구성 등이 그의 소설 세계를 떠받치고 있다면, 그에게 '한국의 발자크'라는 명호를 부여해도 그다지 어색할 바 없다. 발자크가 19세기 서구 리얼리즘의 대표 작가일 때, 이병주는 20세기 한국 실록 대하소설의 대표 작가다. 그가 일찍이 책상 앞에 "나폴레옹 앞에는 알프스가 있고 내 앞에는 발자크가 있다"고 써 붙였던 사실은 널리 알려져 있다.

거기에다 그가 남긴 문학의 분량이 단행본 100권에 육박하고 또 이들이 저마다 남다른 감동의 문양紋樣을 생산하는 형편이고 보면, 이는 불철주야의 노력과 불세출의 천재가 행복하게 악수한 사례에 해당한다. 그럼에도 불구하고 그는 우리 사회의 고질적인 학연이나 지연, 그리고 일부 부분적인 '태작駄作'의 영향으로 정당한 평가를 받지 못했다. 요컨대 그는 그렇게 허망하게 역사의 갈피 속에 묻혀서는 안 될 작가이며, 그에 대한 정당한 평가는 한 작가가 필생의 공력으로 이룩한 문학적 성과를 올곧게 수용해야 마땅한 한국 문학의 책무이기도 하다.

그래서 지금 여기서, 다시 이병주인 것이다. 마치 허먼 멜빌의 《모비딕》이 그의 탄생 100주년 기념행사를 통해 다시 세상에 드러났듯이, 우리는 그가 이 땅에 온 지 90여 년, 또 유명幽明을 달리한 지 20여 년에 이르러 그의 '천재'와 '노력'을 다시 조명해보아야 한다. 진보와 보수의 이념적 성향이나 문학과 비문학의 장르적 구분, 중앙과 지방의 지역적 차이를 넘어 온전히 그의 문학을 기리고 사랑하는 마음을 앞세워서 '이병주기념사업회'가 발족되었던 것은, 바로 이러한 당위적인 일들을 감당하기 위해서였다.

이병주 선집 전 30권이 일시에 발간되는가 하면, 그의 이름을 달아 국제문학제가 열리고 국제문학상이 시상되는 일들은, 그런

점에서 정녕 기꺼운 일이 아닐 수 없다. 동시에 이러한 쾌사快事
가 호사가적 관심에 그치지 않고, 책 읽기의 기쁨과 보람을 담보
하는 범국민적 독서 운동으로 확산되어야 마땅할 것이다. 그렇
게 그의 문학을 다시 읽는 일은, 그 소설이 가진 진진한 재미의
세계로 독자들을 인도할 수 있다. 이것은 영상 문화의 득세가 현
란한 시대사조에 휩쓸리지 않고, 자기 내면을 확장하는 성실한
독서가를 양육하는 노력이기도 하다.

　미상불 그의 작품 세계가 포괄하고 있는 이야기의 부피를 서
재에 두면, 독자 스스로 하루의 일을 마치고 귀가하는 발걸음을
재촉할 것이다. 더 나아가 물질문명의 위력 앞에 위축되고 미소
한 세계관에 침몰한 우리 시대의 갑남을녀들에게, 그의 소설이
거대 담론의 기개를 회복하고 굳어버린 인식의 벽을 부수는 상
상력의 힘, 인간관계의 지혜와 처세의 경륜을 새롭게 불러오리
라 확신하는 바이다.

2015년 9월
엮은이 김종회

긴 밤을 어떻게 새울까

긴 밤을 어떻게 새울까

이 각박한 세상을

윌리엄 사로얀의 소설 중에 《인간 희극人間喜劇》이란 작품이 있다. 꽃이 핀 들에 청결한 시내가 흐르고 아지랑이가 서린 대기 속에 종달새가 흥겹게 노래를 부르던 하얀 조각구름 사이로 새파란 하늘이 상냥한 미소를 띠고 내려보고 있는 것 같은, 아름답고 청결하고 훈훈하게 정이 넘쳐 흐르는 소설이다. 소설이라기보다 우화寓話라고 해야겠다.

그 소설 가운데의 한 장면을 인용해본다.

어떤 청년이 이사카 시의 전신국에 들어와서 스팽글러라는 국장에게 권총을 겨누고 말했다.

"돈을 내라. 이곳에 있는 돈을 전부 내놔라. 그렇지 않으면 쏠 테다. 나는 사람을 죽이는 걸 겁내지도 않고 내가 죽는 것도 두

렵지 않다. 돈을 내놔라."

국장은 서랍에서 돈을 꺼내 탁자 위에 놓고 말했다.

"이걸 네게 주마. 네가 권총으로 나를 위협했기 때문이 아니고, 네게 돈이 필요한 것 같아서 주는 것이다. 이게 여기 있는 돈의 전부다. 이걸 가지고 기차를 타고 곧바로 네 고향으로 돌아가라. 나는 너를 도둑놈이라고 신고하지 않겠다."

그런데 청년은 그 돈에 손을 대지 않는다.

국장이 다시 말했다.

"이 돈을 가져라. 네게 돈이 필요한 모양이니까. 너는 범인도 아니고 병자도 아니다. 이건 내가 네게 주는 선물이다. 이걸 가진다고 해서 네가 도둑이 되는 건 아니다. 그리고 그 권총을 버려라."

그러나 청년은 권총을 호주머니에 집어넣으며,

"나는 밖에 나가서 자살할 테다."

하고 중얼거렸다.

"바보짓을 마!"

하고 국장은 엉겁결에 탁자 위에 돈을 모아 쥐고 청년 앞에 내밀며 다음과 같이 말했다.

"이 돈을 가지고 집으로 가라. 이건 네 돈이다. 그리고 그 권총은 내게 맡겨두는 게 어떨까? 나는 네 마음을 잘 안다. 나도 한때 너와 같은 생각을 한 적이 있었다. 모두들 그런 기분이 될 때가 있다. 이 합중국의 무덤과 감옥엔 운수 나쁘게 가난하게 태어난 선량한 미국 청년들로서 가득 차 있다. 그들은 따지고 보면 범인도 아니고 죄인도 아니다. 자, 이 돈을 갖고 집으로 가거라."

청년은 주머니에서 권총을 꺼내 국장 앞에 밀어놓았다. 국장은 그것을 금고 안에 집어넣었다. 청년이 말했다.

"나는 당신이 어떤 사람인지 알 수가 없군요. 당신처럼 그렇게 사람을 대하는 일을 들은 적도 없구요. 난 권총도 필요 없고 돈도 필요 없습니다. 무전여행을 해서라도 똑바로 집으로 돌아갈 생각입니다."

"이리 와서 좀 앉게. 우리 얘기나 하자꾸나."

국장은 청년을 의자에 앉혔다. 그리고 고백과 충고와 회상이 섞인 얘기들이 계속되었다.

현실적으로 이런 일이 가능할지 안 할지는 따질 필요가 없다. 그러니까 나는 이 작품을 소설이라고 하기보다 우화라고 하는 것이다. 요즘의 소설은 각박한 현실을 반영하는 탓인지 거개가 각박하다. 사회의 병리적病理的 현상에 관한 임상 보고臨床報告가 아니면, 현대의 모순에 의해 이지러진 인간의 정신 분석적인 기록이 소설 분야의 대부분을 차지하고 있다. 현대에 있어서 소설의 가능은 아마 이런 영역을 두고는 성공적일 수 없다는 견해를 나 자신 가지고도 있다. 그러나 그럴수록 나는 사로얀의 문학 세계가 오아시스처럼 반갑다. 현실이 무서워서 우화로 가고 권위가 겁나서 우화로 도피하는 경우도 있다.

그러나 사로얀은,

"나는 유명하게 되고 싶은 생각도, 퓰리처상을, 또는 노벨상을, 그리고 어떠한 성질의 상도 타고 싶은 마음을 갖고 있지 않다. 나는 샌프란시스코의 작은 방에 앉아 민중을 향해 편지를 쓴다. 간단한 말로써 그들 스스로 이미 알고 있는 얘기를 하고 싶다."

하면서, 그는 날카로운 관찰과 깊은 감정으로 얻은 경험의 진실을 허구의 슬기로운 우화로 엮고 있는 것이다.

'문학이란 좋은 것'이라고 영탄케 하는 그 무엇을 사로얀은 가지고 있다. 문학뿐만 아니라, 자기를 복되게 하고 남을 복되게 하려면 사로얀 같은 마음을 가져야 한다. 세상을 각박하다고 저주하는 사람에게 나는 사로얀을 권한다.

편안한 마음

한 달 전쯤의 어느 날 밤, 나는 도쿄의 어떤 호텔의 일실에서 텔레비전을 보고 있었다. 무료를 달랠 겸 그저 멍청하게 화면을 들여다보고 있다가 도중에 멈칫하는 충격을 받았다.

당시 일본에선 오바大場란 대학 조교수가 애인인 여학생을 살해하곤, 어린아이 둘까지를 곁들여 일가가 집단 자살을 한 사건이 소연한 물의를 일으키고 있었는데, 그 사건의 진상을 보고한다면서 아나운서가,

"밤도 깊어가는데 이 보고를 편안한 마음으로 즐겨주시기 바

랍니다."

라고 애교를 섞어 말한 것이다.

나는 내 귀를 의심했으나 '편안한 마음으로 즐겨주십시오'라고 들은 그 말은 결코 환청幻聽이 아니었다. 살인 일가 집단 자살이란 피비린내 나는 인생의 참사를 말하면서 편안한 마음은 고사하고 즐겨달라는 말이 웬 말일까 하고 어리둥절하지 않을 수가 없었다. 동시에 일본이란 나라가 이렇게 되어버렸나 하는 감회를 금할 수가 없었다. 어떤 비극적인 사건도 독자나 청취자를 위한 서비스의 재료밖엔 되지 않는다는 사정!

그러나 이 일이 남의 나라 일이라고 해서 마음이 편할 수는 없었다. 이런 풍조는 이미 우리나라에도 범람 상태에 있다는 생각이 들어서이다.

주간지는 물론이고, 매스컴의 경향은 인생의 비극을 오락 기사화하고 있다. 사건 당사자에게 어떻게 작용할 것인가에 관해선 조금도 배려가 없어 보이는 기사가 예사로 쓰여지고 있는 예를 흔하게 본다. 하지만 이걸 매스컴에 의한 민심民心의 반영이라고 볼 수 있을 때 매스컴의 책임만으로 돌릴 수 없다. 어느덧 민심이 그렇게 각박하게 되어 있는 것이다. 요컨대 타인의 죽음은 자기 집 개의 감기보다 덜 걱정스럽다.

이런 상황에 앉아 듣는 휴머니즘적 설법보다 공소한 것은 없다. 보다는 타인과 나와의 싸늘한 관계를, 그 실존적인 파악을 더욱 철저하게 하는 게 요즘 유행하고 있는 드라이한 사고방식을 익히는 것이 될지 모른다. 자동차 판매 사업을 하는 사람은 주변의 모두가 자가용을 살 만큼 부자가 되었으면 하고, 장의사는 사람이 많이 죽어 주었으면 하고 원한다고 해서 전자는 좋은 사람이고, 후자는 몹쓸 사람이라고 판정할 수 없는 것이 바로 우리의 생활 상황이 아닌가.

빗나간 계산

상하常夏의 나라 인도네시아는 식물의 왕국이다. 보골 식물원은 그 관록을 과시하는 곳이라고나 할까. 식물의 왕국답게 그 사시장철 꽃은 어딜 가나 만발이다. 상하의 나라는 상화常花의 나라이기도 한 것이다.

일본의 어느 양봉업자養蜂業者는 인도네시아의 이러한 조건에 착안했다. 풍요한 꽃을 미끼로 양봉을 하면 엄청난 꿀을 얻을 것이었다. 규모에 정비례한 이익이 있을 것이기도 했다.

그는 치밀하게 계산하고 갖가지의 위험 부담 등을 사전에 감안한 결과 수십 억 엔의 일화를 투자해서 인도네시아 가운데서도 가장 적지라고 할 수 있는 칼리만탄의 어떤 지역에 거창한 양봉장을 만들었다. 그리고 기대에 부푼 한 해의 노력이 있었다. 그랬는데 수밀기收蜜期에 이르러 벌집의 뚜껑을 열어 보고는 아연했다. 꿀로 가득 차 있어야 할 곳은 텅텅 비어 있었다.

그제야 업자는 알았다. 상하의 나라, 상화의 계절에선 벌들이 꿀을 저축할 필요가 없었던 것이다. 꽃 없는 겨울을 지내기 위해 벌들은 꿀을 수집하고 저장하는 것이지 행락行樂의 기분으로서 꿀을 만드는 것은 아니었다. 본능이기에 환경에 순응한다. 이것은 기막힌 교훈이었다. 그러나 그 교훈을 얻기 위해 수십 억 엔의 재화를 희생했다.

이러한 교훈을 우리의 생활 전반에 걸쳐 확대 적용하려는 것은 어쭙잖은 훈장 취미가 되고 말 것이지만, 우리를 생각하게 하는 계기는 여기에 있다. 아무리 치밀한 사전 준비와 계획도 가장 중요한 핵심을 착각할 때 오유烏有로 돌아간다.

인생에 있어서 그 많은 실패와 낙오와 좌절은 이러한 사정에서 비롯된 것이다. 자연과 인생은 결코 단순하지가 않다. 독이 약일 수도 있듯이, 약이 독으로 되는 경우도 있다. 귀금속은 무릇 존귀한 것이지만 그것 때문에 치사致死한 무수한 사례가 있다.

다음과 같은 이야기가 있다.

아라비아의 사막에서 회오리바람을 만나 일행과 어긋나서 혼자 사막을 방황해야 할 처지가 된 사나이가 있었다. 어디를 보아도 모래 모래, 한 톨의 식량도 얻을 길이 없어 아사餓死의 위기는 바로 목전으로 다가왔다.

그때 사나이는 무엇이 가득 담긴 포대 하나를 발견했다. 너무나 반가와 그는 그 포대를 서둘러 끌렀다. 볶은 밀이나 콩이라도 있으려니 하고 마음이 바빴던 것이다. 그런데 웬걸, 그 포대에서 나온 건 볶은 밀이 아니고 진주였다. 모래 위에 쏟아진 알알의 진주는 사막의 태양을 받아 황홀하게 빛났다. 그러나 그 사나이에게 있어서 진주의 광휘는 죽으라는 신호였을 뿐이다.

'셀라 비!'란 이럴 때 두고 쓰라는 말이다.

청춘을 창조하자

"아침에 나갔던 청춘이 저녁에 청춘을 잃고 돌아올 줄 몰랐다. ……"

일제 말기의 암담한 의식 상황을 김광섭金珖燮 시인은 이렇게 노래했다. 우리 세대는 이 시 속에 자기의 감상을 읽으며, 이른바 학도병이라는 곤욕을 겪었다. 그러나 생각하면 당시 우리는 청춘이 뭣인지도 몰랐던 것 같다. 꽃을 피우지 못하는 사막의 봄이 봄이 아니듯이, 청춘의 광휘가 없는 청춘이 청춘일 까닭이 없다. 혹시 젊음의 방자함은 있었을지 몰라도 특수한 품질을 가진 몇몇 사람을 제외하고는 빛나는 청춘을 가지지 못했던 것이 아닌가 싶다.

풍려豊麗하게 만발한 꽃이라야 충실한 열매를 맺을 수 있는 것이 자연의 섭리라면, 광휘를 갖지 못한 청춘이 정정亭亭한 거목적 장년으로 자랄 수 없는 것이 인생의 도리이다. 나는 내 개인의 인간적 실패를 청춘의 부재에서 그 원인을 찾고 끝없는 회한에 사로잡힌다. 자기주장에 앞서 타협을 배워버린 스스로의 비굴함을 일제의 그 가혹한 체제를 감안하더라도 나는 아직껏 용서할 수가 없다.

한편, 우리의 세대가 얼마나 어려웠던가를 생각하고, 자기 연민에 빠지는 경우도 있다. 우리는 역사의 고비마다에서 거센 바람을 맞았다. 3·1운동의 소용돌이를 전후해서 이 세상에 태어나선 일제의 대륙 침략의 회오리 속에서 소년기를 지나 황국신민皇國臣民의 서사誓詞를 외면서 청년 시절을 보냈다. 체제내적體制內的인 노력에 있어서도 위선을 배웠고, 반체제적인 의욕을 가꾸면서도 위선을 배워야 했던 바로 그 사실에 우리 청춘의 불모성이 있었고, 누구를 위하고 누구를 적으로 할지도 모르는 용병傭兵이 될 수밖에 없었던 바탕이 있었던 것이다.

물론 한 가닥 변명의 길은 있다. 세계 30억의 인구가 원했든 원치 않았든 세계를 규모로 하는 전쟁에 휘몰렸던 것이니, 지구 위에 사는 인간이라면 목의 값을 치르기 위해 어느 편에서든 대전에 참여하지 않을 수 없었다는 것이 그것이고, 지금 와서 보면 적과 동지가 역사의 원근법에 의해 그 구분이 흐려졌다는 것이 또한 변명의 재료가 된다.

그러나 거기에 문제가 있는 것이 아니다. 우리가 벅찬 고난의 역정에서 무엇을 배웠느냐 하는 것이 문제이다. 수많은 동료들이 전사하기까지 한 쓰라린 체험을 오늘날 우리는 우리의 생활 속에 어떻게 활용하고 있는가도 문제이다. 해방 직후의 혼란, 6·25동란의 참화, 그 뒤 거듭된 갖가지의 시련에 있어서 과연 우리의 세대는 나라를 위해, 민족을 위해, 근본적으로는 우리들 자신을 위해 무엇을 했는지가 문제인 것이다.

나는 나의 직업상, 대학생을 비롯한 청장년층의 지식인을 자주 만나는 기회를 가지고 있는데, 그들의 눈에 우리의 세대가 전적으로 불신을 당하고 있다는 사실을 알고 당황한 적이 있다.

그들의 불신을 질문 형식으로 간추려보면 다음과 같다.

"일제 시대의 수모를 지금 어떻게 소화하고 있는가. 불가피했던 일이라 치고 덮어두어버렸는가, 아니면 다시는 그런 수모를 받지 않기 위하여 사회적으로나 개인적으로나 노력한 적이 있는가."

"당신들의 세대가 겪은 그 풍부하고도 절실한 체험을 참된 지도층의 이념으로 승화하고, 이를 국가나 민족의 앞날을 위하여 헌신적으로 실천하고 있는가."

"일제 시대의 대학생과 전문학생의 수는 동년배 가운데 1,000대 1의 비율이라고 했는데, 살아오면서 그런 사실에 따른 사명감이 있었던가. 사명감이 있었으면 오늘날 어떤 실적, 어떤 증거로 나타나고 있는가."

우리는 이러한 질문에 과연 구구한 변명을 섞지 않고 당당하게 대답할 수 있을 것인지, 바로 이것을 반성의 재료로 해야 할 것이라고 믿는다.

이 반성에 보람이 있자면 우리는 오늘날부터 다시 청춘을 시작해야 한다. 이미 잃어버린 청춘을 되찾는 것이 아니라, 새로운 청춘을 창조해야 한다. 청춘에 연령의 구애는 없다. 20세의 노년이 있고 60세의 청춘이 가능한 것이다.

청춘이란, 곧 희망을 잃지 말라는 이야기이다. 앞으로 시간이 얼마 남지 않았다는 핑계로 체관諦觀하지 말라는 이야기이다. 청년의 광휘로서 충실한 1년은 산송장으로 지내는 80년을 능가할 수가 있다.

우리는 다음 세대의 우리에 대한 불신을 불식하기 위해서도, 우리 자신의 생을 보람 있게 하기 위해서도, 우리 속의 청춘을 개발해야 한다. 죽어도 청춘으로서 죽자는 각오는 기막힌 슬기가 아니겠는가.

우리는 우리의 과거를 회한하고 변명하는 데 급급할 필요 없이 청년의 정열로서 인생을 재창조함으로써 점진적으로 욕된 과거를 청산할 수밖에 없다. 마이너스를 메꾸려고 하지 말고, 플러스를 증가시킴으로써 마이너스를 커버하자는 제안이다.

사계四季는 철마다 아름답다. 봄, 여름, 가을, 겨울 할 것 없이 나름대로 아름다운 경치를 지닌다. 인생 또한 그렇다. 분홍빛의 소년 시절, 신록이 산뜻한 청년 시절, 농록濃綠이 풍성한 장년 시절, 단풍 아름다운 노년의 계절, 어느 철 치고 버릴 것이 없다. 특히, 단풍의 아름다움은 비할 데가 없다. 단풍이 든 화려한 인생은 겨울을 맞은 긴박감으로 해서 더욱 아름답다.

그런데 우리의 인생 주변에 단풍처럼 아름다운 노년을 찾기란 참으로 힘들다. 흔하게 보는 건 거의 노추老醜이다.

우리의 노년은 단풍처럼 아름다워야 하는데, 가장 곱게 단풍이 들려면 잎葉의 시절에 싱싱해야 한다고 어느 식물학자로부터 들었다. 우리의 노년이 단풍처럼 곱게 물들려면 불가불 우리의 청춘을 지금부터라도 시작해야 하는 것이다.

인간에의 길

악인의 악惡, 특히 자기를 악인이라고 생각하고 있는 사람의 악행惡行엔 한도가 있다. 그는 곧 숨이 가빠진다. 기껏 물건을 훔친다든가, 한 사람의 애정을 노린다든가, 사람을 몇 죽일 뿐이다. 그런데 선인이 선행이라고 믿고 행하는 악엔 한도가 없다. 예를 들어, 종교적 신념이나 신의 이름으로 얼마나 많은 피가 흘렀는가를 살펴보면 알 일이다.

로마 제국의 초기, 기독교 신자들은 질서를 수호하는 선인들에 의해 가장 처참하게 살해되었다. 그런데 이런 쓰라린 과거를 지닌 기독교가 중세에 이르러서는 신의 이름으로 피비린내 나는 종교 재판을 통해 무수히 많은 이교도를 살해했다.

인간의 선, 인간의 행복, 인간의 구원을 목적으로 하는 종교적 집단이 어떠한 강도 집단·살인 집단보다도 많은 살인과 많은 악을 행했다는 사실은 인간과 그 역사를 이해하는 데 있어서 상징적이다.

역사는 또한 악을 선화善化하는 경향을 보인다. 이를테면 로마의 성벽, 그 대가람大伽藍 등은 혹독한 노예 노동으로 이루어졌다. 비인간적인 혹사가 만들어낸 로마의 성벽을 인간 문화의 성과로서 찬양하기는 하되, 오늘날 그 인간 혹사의 탓으로 비난하는 사람은 없다.

중국의 만리장성도 마찬가지이다. 노동자의 권익을 옹호하는 것을 가장 첫 번째 사명으로 한다는 중공이 백성의 고혈로써 된 그 만리장성을 그들의 문화적 유산으로 과시하고 있다. 이것을 혹시 역사의 원근법이라고 할진 모르나, 이러한 사례들의 목적이 수단을 적당화한다는 식의 사고방식을 기르고 있는 것이다.

또 한 가지 주요한 인식은 미덕이 악의 수단이 된다는 일이다. 그 예가 히틀러 치하의 독일이다. 게르만적인 계획성, 인내력, 높은 의지력과 두뇌가 히틀러의 악을 보다 규모가 크게, 보다 잔인하게, 보다 철저하게 한 요인이었다고 해도 과언은 아니다. 충성심을 미덕이라고 볼 때 고래古來의 폭군이 그 폭행을 자행하게 된 것은, 또는 자행할 수 있었던 것은 폭군이라는 군주를 섬기는 충성심의 탓이었던 것이다.

인생이라고 하는, 또는 사회라고 하는, 나아가 역사라고 하는 것의 복잡 괴기성은 이로써 설명되는 것은 아니다. 부富라고 하는 호화찬란한 외견外見의 이면엔 얼마나 엄청난 범죄 행위가 감추어져 있는가를 조금 생각해보면 알 일이다.

후일 명사가 되어 빛나는 성공자로서 역사에 남은 카네기는 강도 행위로써 치부의 터전을 잡았다. 모건의 대재벌은 '죽음의 상인商人'으로서 이룩한 아성이다.

이와 같은 인식은 도덕이 가르쳐주는 것이 아니다. 또한, 법률이 밝혀주는 것도 아니다. 인생은 이러한 상황 속에서, 혹은 성공자가 되고, 혹은 실패자가 되기도 하는데, 나의 경우에 있어서는 문학으로써 이 모든 모순을 극복하고 조절할 염원念願을 세우고 있다.

문학에는 구원이 있다. 문학에 있어서 구원은 종교의 그것과는 다르다. 인식과 감동으로써 엮어내는 자기 조명이 비참한 그대로, 추악한 그대로, 그러나 끊임없는 생명감으로써 구원의 구실을 다하는 것이다.

도스토옙스키를 통해 우리는 인간의 악과 약함을 눈물겹도록 느낀다. 카노사를 통해선 위난危難 속에서 평정한 인간의 고귀함을 분화구에 핀 한 떨기 꽃인 양 숭앙한다. 장 주네를 통해선 오욕 호사汚辱豪奢라는 것을 배운다. 장 주네가 펴 보인 오욕의 호사는 솔로몬의 영화에 못지 않은 호사이다. 그런데 따져 보면 솔로몬의 영화도 어떤 인생의 영화에 못지 않게 오욕의 늪沼에 핀 영화에 불과하다. 그 영화의 바탕엔 밧세바의 남편을 죽이고 우리아를 겁탈해서 솔로몬을 잉태케 한 다윗 왕의 강간 행위가 있는 것이다.

이렇게 볼 때 악이 변화되고 허위가 진실 이상으로 진실이 되는 기적에 놀랄 것은 없다. 진시황을 비롯한 권력자들의 그 절대 권력도 파고들면 파리 목숨만도 못한 목숨을 지닌 병사들이 나타낸 수학적 표현일 뿐이다.

문학은 이렇게 오욕 속에 파묻혀 살면서 예사로 오욕을 멸시하는 상식의 노예가 된다는 지혜이며, 불합리하고 부조리한 상황 속에서 절망할 정열도 없으면서 절망한 척 꾸미지 말라는 교훈이기도 하다.

여기 앞에서 인용한 윌리엄 사로얀의 《인간 희극》이라는 조그마한 작품의 한 구절을 다시 인용한다.

강도를 하러 들어온 청년을 타이르는 조용한 말들이 있다.

"네가 나쁜 것이 아니다. 불행할 뿐이다. 이 합중국의 묘지와 감옥엔 너와 똑같이 불행한 청년들로서 가득 차 있다. 자, 이 돈을 가지고 집으로 가거라."

그러자 청년은 권총을 책상 위에 밀어놓고 흐느껴 운다.

이 세계에서 악과 불행을 없앨 순 없을망정 그 악과 불행을 이해해야 한다고 가르치는 데 문학의 참된 면목이 있는 것이다.

문학을 통해 배운 눈으로써 보면 산하山河의 의미를 알고 사랑할 사람을 사랑할 줄을 안다.

누항陋巷의 추잡을 견디고, 가면극의 진의를 알아차릴 수 있고, 낮은 곳으로만 흐르게 마련인 물의 이치로서 역사를 볼 줄 알고, 꽃 속의 독을, 독 속의 약을 가려내며 서로 죄인끼리 어깨를 치며 웃을 줄도 알게 된다.

우리는 악인의 악도 고쳐야 하겠지만, 선인이 악을 범하지 않도록 하는 데 최대의 노력을 경주해야 할 줄 안다. 미덕이 악의 수단이 되지 않도록 경각도 해야겠고, 동시에 죄와 불평에 대한 폭넓은 이해도 가져야 한다. 쇼펜하우어의 《동일성의 논리》는 이런 의미에 있어서 깊은 함축을 가지고 있다.

남의 불행을 자기의 불행처럼 느낄 때 인간애人間愛는 비로소 개화할 수 있는 것이다.

문학은 성공에 이르는 길도 아니고, 부와 명예에 통하는 길도 아니다. 인간애의 성실한 길일 뿐이다.

나는 가끔 다음과 같이 중얼거린다.

"문학인의 불행은 정치인의 행복보다 낫다. 나는 문학인으로서의 불행을 정치인의 행복과 바꾸지 않겠다."

인간의 승리

승리勝利란 말이 있고, 패배敗北란 말이 있다. 그렇다면 인생에 있어서, 무엇이 승리이며 무엇이 패배인가를 생각해보자. 나는 인간으로서의 품위와 인간으로서의 정애情愛로서 그 일생을 관철한 인생이면 승리를 거둔 인생이라고 생각하는데, 물론 이러한 일반론一般論은 하나마나한 이야기이다. 또한 이상적인 인간상人間像이란 무엇일까 하는 논의도 그렇다.

이럴 때 뇌리에 떠오르는 많은 인간이 있지만, 에이브러햄 링컨이 더욱 이채를 띠고 나의 감정을 사로잡는다. 다음과 같은 링컨의 편지가 역사적 기록으로서 남아 있다. 그것은 어린 시절의 친구가 보낸 편지에 답으로 쓴 것인데, 그 내용은 대강 이렇다.

…… 자네가 내게 돈 400불을 빌려달라는 편지를 읽고 생각한 끝에 이 답장을 쓴다. 자네는 편지 속에 그 돈을 갚지 않으면 사람이 아니라고 했고, 그 돈을 갚기 위해선 논밭을 팔겠다고까지 쓰고 있다. 아무리 돈 400불이 큰 돈일망정 자네의 인간으로서의 위신과 맞바꾼다는 건 말이 안 된다. 그리고 자넨 지금 논밭을 가지고 있어도 곤란해서 내게까지 돈을 빌려야 할 사정인데, 그 돈을 갚기 위해 논밭을 팔아버리면 그 후엔 어떻게 살 것인가. 그래 나는 자네에게 다음과 같이 제의한다. 자네는 내일부터라도 돈벌이를 하라. 돈벌이를 하라고 해서 캘리포니아의 금광金鑛으로 가란 말은 아니다. 자네가 사는 동네에서 일자리를 구하라. 지금 합중국엔 일할 의욕이 있는데도 일자리가 없는 곤란한 상황은 아니다. 자네가 일자리를 구해 1주일에 10불을 벌면 내가 10불을 보태주마. 20불을 벌면 20불을 보태주마. 이렇게 하면 자넨 혼자 일을 하곤 2인분의 돈을 벌게 되는 셈 아닌가. 그렇게 해서 여유를 만들어 빚을 갚고 하면 좋을 줄로 나는 믿는다. 나는 이렇게 생각하는데 자네의 생각은 어떤지 곧 답장을 해달라.

자네의 충실한 벗 에이브러햄 링컨으로부터

나는 이 편지를 처음 읽었을 때의 감격을 잊을 수가 없다. 이 편지를 쓴 것은 링컨이 미국의 대통령으로서 남북 전쟁에 휘말려 밤잠도 제대로 자지 못할 정도로 격무에 시달리고 있던 시기였다.

그런 가운데 어린 시절의 친구에게 답장을 쓸 틈을 찾았다는 것부터가 하나의 놀람이었고, 게으른 친구에게 일하는 버릇을 가르치는 동시, 그의 경제적인 곤경을 도와주려고 꾸며낸 아이디어에 감복했다. 그리고 그 아이디어는 정과 성의가 없고서는 도무지 생각해낼 수 없는 그런 종류의 것이라고 볼 때, 나의 감격은 보다 컸다. 출세한 친구가 옛날 친구를 한두 번 금전으로 도와주긴 쉬운 일이며, 있을 수도 있는 일이다. 그러나 이처럼 친구의 장래까지를 위한 세심한 배려는 참으로 있기 힘든 것이다.

나는 링컨을, 정치가로서 위대하기 전에, 웅변가로서 위대하기 전에, 인간으로서 위대했고, 그 위대함이 바탕에 있었기 때문에 불세출不世出의 정치가로서 빛났으며, 천고에 메아리치는 대웅변가가 되었다고 믿는다. 다시 말하면 링컨은 남북 전쟁을 승리로 이끌어 노예를 해방시켰다는 그 공적이 있기에 앞서 인간으로서 빛나고 있었던 것이다. 공적만으로는 존경을 받을 수는 있어도 사랑을 받을 수는 없다. 그가 세상을 떠난 지 100여 년이 지났는데도 인류의 존경과 사랑을 아울러 받고 있는 사실을 우리는 충분히 납득할 수가 있다.

링컨과 같은 대인물은 이를 들먹여도 평범한 사람에겐 감명이 희박하다. 그 까닭은 '그와 우리는 본질적으로 다르다'는 관념이 작용하기 때문이다. 그러나 그가 대통령이 된 것은 8할 쯤 우연으로 돌릴 수 있어도 그가 훌륭한 인간이 된 것은 그의 수양과 노력의 성과라는 사실만은 명심해둘 필요가 있다.

나는 민주주의를 생각하면 곧 링컨을 생각한다. 그를 민주적 인격民主的 人格의 표본이라고 믿고 있기 때문이다.

링컨의 말은 거개가 주옥과 같지만, 더욱 광채가 있는 말 가운데 다음과 같은 것이 있다.

"나는 노예가 되길 싫어하는 그만큼 지배자가 되길 원하지 않는다. 이것이 나의 민주주의에 대한 의견이다."

링컨은 말로만 아니라 이 같은 신조를 철저하게 생활화했다.

하나의 사회가 민주 사회로 되려면 그 구성원 한 사람 한 사람이 민주적 인격을 갖춰야 한다.

민주적 인격이란, 첫째로 자기가 자기를 존중하는 인격이다. 그런데 그 존중의 보람을 갖자면 자기가 속한 사회를 존중해야 하고, 그 구성원을 존중할 줄 알아야 한다.

독선獨善과 자중自重이 다른 것은 사회에 있어서 자기의 위상位相을 파악하고 있느냐, 없느냐, 말하자면 보람 있는 자중이냐, 망신을 살 수밖에 없는 자중이냐가 다른 것과 같은 것이다.

민주적 인격은 또 훈훈한 인간성으로 따뜻한 인격이다. 간단하게 말해 우정友情이 돈독한 인격이다. 우정이 없는 싸늘한 인격은 그것이 아무리 고귀해도 민주적 인격은 될 수가 없다.

항간의 민주주의 논의論議가 거의 불모不毛한 것은 이러한 사정을 등한히 하고 있기 때문이라고 해도 과언은 아니다.

제도로서의 민주주의를 말하기 전에 인격으로서의 민주주의를 우선시켜야 할 까닭이 여기에 있는 것이다.

다시 벽두劈頭의 문제로 돌아간다.

인간으로서의 승리는 민주적 인격을 획득하는 데 있다. 그런데 이것은 어떤 벼슬이나 지위처럼 관건이 운명이나 우연에 있지 않고, 우리의 의사에 전적으로 의존되어 있다는 사실을 잊어서는 안 된다. 그런 까닭에 사람은 혹시 불운해서 사회의 한 낙오자가 될 위험성은 있지만, 패배자가 될 수는 없는 것이다.

노발리스는 이렇게 말했다.

"인간이 된다는 것, 이것이 예술이다."

머핼리아 잭슨의 〈주기도문〉

서양의 가을밤은 슈베르트의 〈세레나데〉처럼 깊어간다면, 중국의 밤은 두보杜甫의 시처럼 깊어가고, 한국의 가을밤은 시조의 가락처럼 깊어간단 말인가.

하여간 깊어가는 가을밤엔 한恨이 있다. 꿈을 닮은 소년 소녀의 한, 고민을 닮은 청장년의 한, 허무를 닮은 노년의 한, 오동잎한 잎이 떨어져도 천하의 가을을 안다는데, 심심하게 깊어만 가는 가을밤의 고요 속에 앉아 애인을 북해北海에 잃은 알래스카의 처녀를 생각한대서 터무니없는 감상은 아닐 것이다.

이러한 10월의 밤, 나는 머핼리아 잭슨의 〈주기도문〉의 노래를 들었다. 기도하는 마음과 기도하는 소리가 혼연히 융합된 천래天來의 음악처럼 들렸다. 사람의 육성이 이처럼 아름다울 수 있는 것일까. 음악이란 좋은 것이다. 예술이란 좋은 것이다. 이러한 느낌을 몇 번이고 되새기게 하는 머핼리아 잭슨의 〈주기도문〉의 노래여.

여기서 발견한 것은 우리가 이날까지 성서의 몇 구절로만 알고 있었던 주기도문의 실상은 인간의 감정을 하나의 방향으로 승화·결정한 시라는 것이며, 이것이 발현될 땐 노래가 되지 않을 수 없다는 점이다.

마음속에서부터, 아니 깊은 영혼의 심처에서부터 울려 나오는 경건한 헌신의 노래, 이 노래에 담겨진 기원이 이루어지지 않을 리 없다는 신앙! 그것은 산을 움직이고 바다 위를 걷게 할 수도 있는 것이다.

신은 이미 죽었다는 외침이 있다. 신의 섭리를 전제로 하기엔 너무나 가혹한 재앙적 인생이기도 하다. 이 엄격한 생명의 규제 속에선 신을 찾는 심성心性 자체가 안일한 도피행이란 것도, 해결할 수 있는 문제조차도 해결할 수 없게 만드는 아편적 작용을 한다는 것도 자명한 이론으로서 알고 있다.

그러나 해결할 수 있는 문제란 무엇이며, 모든 이론들이 내세우는 증명이란 것이 무엇인가를 따져볼 때, 신이 죽었다는 외침

속엔 신을 갈구하는 절박한 심정이 있다.

그러나 신이란 무엇일까? 이렇게 묻기에 앞서 우리는 신이 꼭 있어야 한다는 마음의 요구에 부딪친다. 오곡이 무르익은 풍년의 가을 속에 생활고를 이기지 못해 자살한 가장을 위해서도 신은 있어야 하는 것이다.

이역의 땅에서 어머니를 부르며 숨진 정려征旅의 용사를 위해서도 신은 있어야 하는 것이다. 억울하게 죽은 아들을 그리며 통곡하는 어머니를 위해서도 신은 있어야 하는 것이다. 이러한 발상으로 갈구된 신을 어떤 철학자는 '거꾸로 반영된 세계 인식'이라고 말했다. 명쾌한 말이다. 하지만 거꾸로 반영되었건, 빗나가게 반영되었건 간에 있어야 할 것은 있어야 한다.

머핼리아 잭슨의 〈주기도문〉의 노래는 오랜 학대의 역사 속에서 다짐됨이 있어야 할 것은 꼭 있어야 한다는 신앙으로서 신성하다. 결국 신은 기원 속에만 있다.

그런데 주기도문은 구원을 바라는 기도의 일방통행이 아니라는 데 두려움을 지니고 있다. '우리가 우리에게 죄지은 자를 용서해 준 것처럼 우리의 죄를 용서해주옵소서'라고 되어 있는 것은 남을 용서하지 않는 사람이 이 주기도문을 들먹일 수 없다는 금지 규정이다. 말하자면 기도할 수 있는 자격을 얻자면 우리가 우리에게 죄지은 자를 용서해주어야 하는 것이다.

죄짓지 않고는 하루도 지낼 수 없는 상황 속에서 용서한다는 마음과 행동은 우리가 살기 위해서 공기처럼 필요하다.

탕아蕩兒의 음락淫樂과 면죄免罪로 인한 억울한 고통과 무수한 탄생을 짙은 어둠 속에 안고 10월의 밤은 깊어만 간다. 우주에의 인식이 허무의 바람 속에 등화燈火와 같은데, 머핼리아 잭슨의 신성을 닮은 음성에 나는 신의 존재를 알았다.

오욕污辱의 호사豪奢

오욕의 호사

글을 쓴다는 것

사르트르의 자서전自敍傳《말》의 마지막 부분에 다음과 같은 구절이 있다.

…… 나는 나의 '펜'을 오랫동안 검劒인 양 생각해왔다. 이제 와서 나는 우리의 무력함을 알았다. 그래도 좋다. 나는 지금도 책을 쓰고 앞으로도 책을 쓸 것이다.

그건 필요한 노릇이기도 하고, 유용하기도 하다. 교양은 아무것도, 누구도 구하지 못하고 정당화하지 못한다. 그러나 그건 사람이 만들어낸 것이다. 인간은 거개가 투기投企하고 거기서 자기를 인식한다. 이 비판적 거울만이 인간에게 그 모습을 조명해 보일 뿐이다.

일세를 풍미한 대사상가의 말이라고 들을 때 감동이 새롭다.

'펜'은 결코 검일 수 없고, 검일 수 없는 그 점으로 해서 '펜'이 귀하기도 한 것이다. 검은 지구의 판도를 이리저리 변경한 일은 있어도 인간에게 인간을 알리는 작용은 하지 못했다. '펜'은 무력했지만 문화를 기록했다.

문화의 기록이 곧 문화인 것이며, 문화란 궁극적으로 인간의 인간화라고 할 수 있을 때 무력한 '펜'이 강력한 검을 압도한다고도 볼 수가 있다.

그러나 사르트르가 느낀 무력함은 솔직한 감각이다. 오늘날 글을 쓰는 사람처럼 무력한 존재는 없으리라는 생각이 든다. 사상은 원래 고독한 것이고 무원無援한 것이다. 사르트르는 그의 체제 비판이 그만한 설득력을 갖추고 있음에도 보람이 없음을 본 좌절감挫折感으로서 그런 탄식을 했는지 몰라도 고금동서 사상가의 사상이 주효한 일은 없었다.

사상이 보람을 갖자면 당파의 사상으로 집약되어야만 한다. 그렇게 되지 못하는 한 사상은 언제나 고립무원孤立無援했다. 그런데 당파의 사상이 되었을 때는 사상은 이미 사상의 생명이라고 할 수 있는 진실성과 탄력성을 잃고 법률로 경화해버리거나 공소한 선전 구호가 되고 만 그런 상황에서 다시 사상이 배태胚胎되고 그 사상은 고립한 채, 무원無援한 채 그 비애를 노래해야 하는 운명의 길을 간다. 그러니까 글을 쓰는 사람은 선택의 기로에서 각오를 야무지게 해야 하는 것이다.

2,000여 년 전(서기전 97) 사마천司馬遷은 남성을 잘린 남자의 몰골로서 20년의 세월을 들여 《사기史記》 130권을 저술했다. 그때는, 편리한 전등도, 만년필도 종이도 없었다. 어두운 호롱불 밑에 단좌하여 대를 쪼개 얇게 다듬은 죽통竹筒에다 모필毛筆로써 한 자씩 한 자씩 새겨 넣듯 써야만 했다. 그런 식으로 사마천은 《사기》 130권을 2부 만들어 1부는 관중官仲에 헌납하고 1부는 태산泰山에 수장했다.

오늘날 우리가 손쉽게 입수해서 읽을 수 있는 《사기》는 그 2부 가운데의 하나가 2,000여 년을 살아남아 활자화가 된 것이다.

죽통에 한 자씩 새겨 넣고 있는 사마천의 모습을 상상하고 그 심중을 추측하면 실로 처절하다고도 할 수 있는 기록자의 태도와 각오에 부딪친다. 현실의 독자와는 상관도 않고, 아득한 후대의 독자를 대상으로 심혈을 기울인 그 각오와 노력은 인간의 한계를 뛰어넘는 박력이라고 아니할 수 없다.

나는 《사기》의 역사적, 또는 문학적 가치 이상으로 그 태도와 각오에 경복하고 도도한 활자의 대해에 표랑漂浪하고 있는 지경이면서도 글을 쓰는 태도와 그 각오에 있어서 사마천을 배워야 한다고 생각한다. 생각하면 오늘날 우리는 너무나 쉽게 글을 쓰고 있는 것이다.

각오에 있어선 사마천을 배우고, 방법과 정신에 있어선 사르트르를 배운다는 것이 말처럼 쉬운 노릇은 아니다.

그러나 글을 쓰는 행위에 의미가 있자면, 아니 문학이 가능하자면 그러한 각오와 정신을 피해갈 수는 없다. 고립무원한 사상의 부절한 자문자답과 순교의 각오가 없이 글을 쓴다는 것이 과연 가능한 일인지, 심야는 이러한 설문을 위해서 항상 대기하고 있는 시간이다.

벙어리 노릇을 가장하고 구걸하는 거지의 꼴을 혐오할 줄 알면 글을 쓰는 척해 가지고 구걸하는 꼴이 어떤 것인지를 알 만하지 않은가.

무문곡필舞紋曲筆

어느 일요일, 낡은 책들을 정리하다가 어떤 잡지에 실려 있는 〈곡필언론사曲筆言論史〉라는 것을 읽었다. 좋은 착안, 좋은 재료, 되도록 많은 사람들에게 권하고 싶은 소론小論이었다. 다만, 재료 선택에 미비한 점이 있는 것 같아 그것이 흠이었지만, 현존하고 있는 사람들에 대한 배려로서 부득이한 일일 것이라고 보았다. 그때 격화소양隔靴搔癢의 감은 있었지만, 앞으로도 이런 방면의 연구가 계속되었으면 하는 마음이 간절하다.

불행하게도 우리들은 너무나 심한 무문곡필적舞紋曲筆的 환경 속에서 오랫동안 살아왔다.

특히, 일제 때 우리가 손쉽게 볼 수 있는 문장치고 무문적·곡필적이 아닌 것이란 별반 없었다.

황국신민론皇國臣民論을 비롯해서 대동아공영권론大東亞共榮圈論·내선일체론內鮮一體論을 비롯해서 자연과학의 문헌을 제외하고 위화감 없이 볼 수 있는 사회과학 서적이란 거개가 무문곡필의 온 퍼레이드였던 것이다. 이러한 환경 속에서 굳이 무문곡필이 아닌 문장을 찾아 읽기 위해선 그만큼 지력도 높아야 했고, 용기도 있어야 했다.

그렇게 자라난 우리들이 대세의 판단에 있어서 과오를 범하기도 하고, 자의식을 올바른 방향으로 제대로 규제하지 못했다고 해도 무리가 아니다.

무문곡필에는 두 종류가 있다. 하나는 견식의 부족으로 필자 자신은 정론을 쓴다는 것이 결론적으로 무문곡필이 되어버린 것으로서, 예를 들면, 색맹인 사람이 푸른 토마토를 붉다고 우기는 것과 같은 경우이고, 또 하나는 흑黑인 것을 번연히 알면서도 백白이라고 주장하는 교활함이 저지른 무문곡필이다. 전자나 후자나 다같이 사회의 해독인데, 후자의 경우는 더욱 얄밉다.

그러나 무문과 곡필은 식자들이 우울해 할 정도로 위험한 것은 아니라고 본다. 독자는 용하게 그 부취腐臭로써 진가를 판별할 줄 알기 때문이다.

매스컴이 발달하고, 시민의 교양 수준이 높아진 오늘에 와서는 헛된 이론에다 아무리 아름다운 의상을 둘러보았자 곡필한 자신을 망신시키는 이상의 효과를 거두기란 어렵게 되어 있다.

무문곡필의 도徒는 대개 권력에 아부하는 패들인데, 권력 자체도 이러한 곡필도曲筆徒 때문에 국민과의 거리가 멀어지게 된다는 사실에 곧 착목하게 된다.

겁내야 할 것은 곡필하지 않고선 작문할 수 없는 풍조를 만들어내는 정치 작용이다. 나치 독일은 정당한 언론을 액살縊殺하고, 수없이 많은 곡필도를 배출케 했지만 그 곡필도 하나하나가 나치의 죄상을 증거하는 재료가 되었을 뿐이다.

일본의 도조東條 역시 그 예외가 아니다. 말하자면, 무문과 곡필이 그런 현상을 있게끔 한 권력의 지속에 조금도 보탬이 되지 않았다는 사실은 주목할 만하다.

나는 오늘날 우리의 사회가 무문과 곡필을 용납할 정도로 병들어 있지는 않다고 믿고 있지만, 여당적 인물의 말이면 야당의 대변인이 철두철미 비非라고 우기고, 야당적 인물의 발언이면 여당의 대변인이 철저하게 비非라고 우기는 태도에 무문곡필적인 환경의 조성 같은 것을 느끼고 있다.

그러한 태도가 있을 수 있다는 것이 무문곡필이 있을 수 있다는 것을 시사하는 것 같아서 하는 말이다.

역시 헌책을 뒤적이다가 눈에 띈 것인데, 《사실을 통해서 본 내선일체》란 김 모가 쓴 책이 지금 내 곁에 있다. 국판의 책으로 장장 687면, 정체를 읽어볼 필요 없이 서문 일절을 보고서도 우선 감정부터가 날조라는 것을 알았다. 그런데 어떻게 이처럼 감정부터를 687면으로 날조할 수 있을까.

허위의 더미를 위해 이처럼 스스로를 687면으로 짓밟을 수 있을까. 무문과 곡필도 그러고 보면 하나의 정열이라고 할 수 있는데, 나는 소름이 끼치는 느낌을 어떻게 할 수가 없었다.

'무문곡필도 문제려니와 그런 것을 성행케 하는 사회 상황이 더욱 문제'라고 누군가가 말했지만, 나는 이 문제에 관한 한 사회 상황을 들먹일 필요가 없다고 생각한다. 곡필曲筆하기에 앞서 절필絶筆하면 되는 것이니까.

문학의 고갈涸渴

나는 이 각박한 정신의 풍토를 문학의 고갈에 그 원인이 있는 것이라고 풀이한다. 풍요하고 현란하며, 깊고 넓은 문학의 거개가 사회의 각 영역, 각 계층을 관류할 때, 정신은 옥야를 이룬다. 그 옥야에선 정쟁政爭이 축제가 되고, 권력에서의 탈락자는 자기 자신을 되찾았다는 안도감을 갖는다.

검사의 논고에 인생의 슬픔이 설레고, 판사의 판결은 사랑의 통곡이 된다. 그런데 현실은 이렇지를 못하다. 각박한 정신 풍토라고 말하는 소이所以이다.

문학이 고갈하고 있다면 반론이 있을지 모른다. 신문에 나타나는 문학 서적, 또는 전집의 광고를 보기로 들고, 빈곤이라면 몰라도 고갈이란 말은 심하지 않느냐고. 그렇다면 우리의 주변을 살펴보자. 문학서를 손에 든 사람을 보기란 힘들다.

전문가 서클에 속한 사람들을 제외하고 문학이 화제에 오른 것을 목격한 바가 없다. 문학서의 경우 2,000부가 팔리면 고작이라는 현실이며, 두세 개밖에 없는 문학지의 간행 부수는 만 부 내외에서 답보하고 있다는 상황이니, 인구 4,000만으로 치고 문학 인구는 기껏 그 4,000분의 1이 될락 말락 하다는 얘기다.

4,000명에 하나가 문학 인구라면 4,000평 토지를 관개하는 물이 1석꼴밖엔 안 된다는 비유가 성립한다. 이런 정도면 거의 완전 고갈이다. 문학이 그런 상태라고 해서 무슨 걱정이냐고 할 사람도 있다. 문학은 고갈해도 탄약만 고갈하지 않으면 국방할 수 있고, 경제가 고갈하지 않으면 육체의 생리는 유지된다. 게다가 실용적 지식과 입신 출세 수단으로서의 학문만 있으면 사회의 체모는 선다. 이처럼 그들의 반론은 상식의 철벽을 갖추고 있다.

그러나 우리는 이미 정치 기술만을 가지고 조작되는 정치 사회, 경제 기술만을 가지고 조작되는 경제 사회가 어떤 것인지를 알고 있다. 그리고 인간이 부재한 학문에서 배운 비정한 지식만이 작용하고 있는 사회가 어떤 것인지를 알고 있다. 인간이 인간 이외의 그 무엇 때문에 광분한 나머지 드디어 인간을 상실하고, 그 형해形骸만이 횡행하고 있는 상황은 슬프다.

나는 정치적 지식의 인간화를 위해서, 경제적 지식의 인간화를 위해서, 법률적 지식의 인간화를 위해서 괴테의 문학이, 도스토옙스키의 문학이, 김동리의 문학이, 안수길의 문학이, 최인훈, 이호철, 남정현 등의 문학이 좀 더 깊고 넓게 많은 국민에게 침투되었으면 한다.

　오늘날 우리 나라의 문학은 일견 조촐해 보여도 문학이 아니고서는 감당할 수 없는 인간의 기록, 인간의 진리를 담고, 어떤 정치 연설, 어떤 통계 숫자, 어떤 판결의 이유보다도 짙은 밀도와 호소력을 지니고 있다.

　우리 생활의 인간화를 위해선 문학청년적 감상마저 아쉬운 계절인 것이다. 문학은 인생이 얼마나 존귀한가를 외치는 작업이다. 지구 위에 40수억 종의 인생이 있다는 것. 그 하나하나가 모두 안타까우리만큼 아름답다는 인식이며 표현이다.

　인생으로서 승리가 아니면 어떤 승리이든 허망하다는 교훈이며, 진실한 사랑과 관용을 가르치는 지혜이기도 하다. 이러한 지혜의 원천을 고갈시켜놓고 앞으로 민족의 정신을 어떻게 할 것인가 망연한 일이 아닌가.

　이러한 사태에 대해서 제1차적으로 책임을 느껴야 할 사람은 물론 문학자 자신이다. 문학에 인구를 흡수하지 못한 것은 문학자의 정열과 기능이 부족한 탓이다. 또 신문학 이후의 사태에 있어서 문학자가 정신 지도의 주류에 서지 못했다는 사실에도 반성이 있어야 한다.

　정치인과 경제인이 수출 진흥을 외치고 있는 이때, 문학자는 문예 진흥을 외치고 실천해야겠다. 진지하게 지모를 모으면 방법은 얼마든지 있을 것이다. 그리고 거센 진흥의 바람에 잠자는 천재가 잠을 깰는지도 모른다. 정치인과 경제인도 응당 이 운동에 전적인 협조가 있어야 한다. 정치와 경제의 궁극의 목적은 문화 육성에 있다. 문학은 문화를 집약적으로 대표하는 것이니까.

한국적 빈곤, 그 일례

스페인 국영 통신《에페》의 편집국장을 만난 자리에서 내가 우나무노와 오르테가에 관한 오늘의 평가를 물었더니 장장 다섯 시간에 걸친 토론이 되어버렸다.

우나무노는 스페인이 내란에 휩쓸려 있을 때 인민 전선파로부터는 반동 문인이란 비난을 받았고, 프랑코파에게선 회색 사상가라는 낙인이 찍힌 사람이었다. 인생의 존엄에 집착하고, 인생의 불멸을 기원하는 그의 예술적 사상이 공리적이고 술수적인 어떠한 정파와도 타협할 수 없었던 것이다.

오르테가 역시 내란 당시 박해를 받고 외국으로 망명을 한 경력을 지닌 철학자이다. 그의 대중 사회 이론은 오늘도 경청할 만한 계시를 지니고 있다.

《에페》의 국장은 살라망카 대학에서의 우나무노의 일화를 감동적으로 말하고, '이렇게 될 줄은 몰랐다'는 오르테가의 논설을 인용하면서 몹시 흥분했다. 이어 그는 우나무노와 오르테가를 칭송하는 데 말이 모자란다는 장광설을 늘어놓았는데, 전혀 지칠 줄을 모르는 사람 같았다. 밤 10시에 만찬 초대를 받고 있는 나는 안절부절못하다가 11시 되는 것을 보고 실례를 무릅쓰고

좌석을 떠나지 않을 수 없었다.

우연히 마드리드에서 만나 동석했던 심연섭 형은 '스페인 사람은 얘기를 썩 좋아하는 모양'이라고 하며 웃었다. 통역으로 따라와 주었던 마드리드 대학생은 스페인의 지식인들은 우나무노나 오르테가 얘기만 나오면 그렇게 흥분한다는 것이고, 대학 강의실에선 거의 매시간 우나무노나 오르테가의 말이 인용되고 있다는 것이었다.

우나무노가 죽은 지 30여 년, 오르테가가 죽은 지도 20년이 가까운데, 그들은 아직도 스페인의 사상 속에 있고 앞으로도 그럴 것으로 보였다.

나는 마드리드에서의 이 체험을 회상하며 우리나라의 경우를 생각해본다. 신문사의 편집국장이, 또는 대학의 교수, 또는 시인이나 작가가 다섯 시간은커녕 20~30분의 시간을 소비해서 외국인에게 극구 칭찬하고 소개할 수 있는 사상가나 문인이 우리나라에 있을까 하는 문제이다. 우리가 진정 자랑하고 외국인에게 과시할 만한 인물이 있는데도 우리는 겸손의 미덕으로 함구하고 있는 것일까. 또는 우리는 그러한 인물을 발굴하지 못하고 있는 것일까. 공부가 모자라는 탓인지 몰라도 나는 이 문제를 생각하다가 착잡한 감정에 사로잡혔다.

우리의 정신을 지도하는 인물, 그 사상을 밤낮 저작하고 그 정신적 분위기에 마음을 침착시키고 있으면 생명의 양양감을 느끼고, 사명감에의 의욕을 일깨우게 되는 그런 인물이 아무래도 발견되지 않는 것이다.

이광수나 최남선과 같은 이름이 심상의 표면으로 지나갈 때 비수에 찔린 듯한 아픔이 남는다. 그들의 이름은 고통이긴 해도 영광된 이름은 아니다.

아무리 신문화 이래 이 나라에 한 사람의 우나무노도 나타나지 못했다는 것은 비애를 넘어 처참한 상황이 아닐 수 없다.

나는 이 상황까지를 인물의 빈곤에 그 원인이 있다기보다, 사상가 또는 작가에게 대한 일반적인 경시 풍조에 원인이 있는 것이라고 생각한다.

한국의 권력자들은 사상가나 문인을 무당적 존재巫堂的 存在로 취급하는 경향이 있는 듯하다. 무당적인 존재란, 있어야 할 것 같기도 하면서 없어도 무방할 듯한 존재란 뜻이다. 착각으로서 무당의 필요를 느끼듯, 그들이 문인의 존재 이유를 느끼는 것도 착각의 소이이다. 권력자들은 착각의 렌즈를 통해 문인을 필요시하고 내심으로 천시한다.

좁고 가난한 땅에 있어서의 이들 권력자들의 사고방식이 사상가나 문인을 정정한 거목으로 자라지 못하게 하고 일군의 관목으로서 시들게 한다.

그렇다고 해서 문인 자신들의 책임이 면제될 까닭이 없다. 어떠한 이유가 있다손 치더라도 민족정신의 주류를 감당하지 못하는 문학은 문학일 수 없다.

아마 사상의 지도자를 이 나라에서 찾자면 다산·연암에까지

거슬러 올라가야 할 것 같은데, 그러자면 다시 공부가 시작되어야 하는 것이다.

칼럼니스트란 무엇인가

제랄 보엘이란 칼럼니스트가 있다. 파리의 유명지 《피가로》의 정기 기고자이다. 그의 명문은 이미 세평이 높았고, 그는 칼럼을 통해서만으로도 당대 프랑스 제1급의 문인이란 명예를 차지하고 있었다.

칼럼이 문학으로서 대접받을 수 있다는 것은 칼럼을 쓰고 있는 나에겐 반가운 소식이었지만, 그렇다고 해서 내가 쓰고 있는 칼럼도 문학일 수 있다는 자부를 가지진 않는다.

스탕달의 소설이 문학이라고 해서 내가 쓰는 소설까지 문학일 수 없는 것과 마찬가지로 제랄 보엘의 칼럼이니까 문학일 수 있는 것이라고 생각했다.

그러나 당대 제1급의 문인이란 세평을 차지한 보엘의 문장을 한 번 읽었으면 하는 희망은 갈정渴情과 같았다.

뜻이 있으면 통한다는 말대로 나는 보엘의 단편을 입수했는데, 그 가운데의 하나는 어떤 외교관이 피아노의 능수라는 소개 기사에 외교관이 되려면 그만한 소양이 있어야 한다는 암유를 섞은 것이었고, 또 하나는 드골의 코와 정책과의 상관관계를 섞은 것이었다.

읽었던 것 중의 걸작은 존슨 당선 후, 골드워터 씨가 파리에 갔을 무렵의 기사인데, 다음과 같이 간추릴 수 있는 대목이다.

골드워터 씨가 파리에 왔다. 우리는 여태껏 골드워터 씨가 존슨 이란 가명으로 워싱턴에서 정치를 하고 있는 줄만 알고 있었는 데, 이번 골드워터 씨가 유럽에 식도락 여행으로 온 뒤에야 그와 존슨 씨가 동일인이 아니라 다른 사람이란 걸 알았다.

존슨 씨는 현재 워싱턴에 있기 때문이다. 그런데 어째서 존슨 씨 가 골드워터 씨의 선거 공약을 그처럼 충실하게 이행하고 있는 것일까?

대단히 재치 있는 익살이고 솜씨이다. 여타의 글도 대강 이와 동교이곡同巧異曲인데, 나는 내가 읽은 것만을 가지고서는 보엘의 칼럼을 문학이라고 할 수가 없었다. 그러면 어떤 기준으로 문학 과 비문학을 구별할 것이냐고 물으면 이 비좁은 지면으로선 당 혹할 수밖엔 없다. 그렇지만 약간의 정보를 익살로써 채색하고, 독단의 양념을 친 정도의 짧은 문장을 문학이라고 할 수 있다면, 우리의 생활 주변에는 문학이 범람하는 꼴이 되고 말 것이라고 대답할 뿐이다.

그렇다고 해서 그 비문학성 때문에 칼럼의 가치가 하락한다고 도 나는 결코 생각하지 않는다. 때에 따라선 문학적인 칼럼도 있 을 것이고, 비문학적 칼럼도 있을 것이지만, 칼럼은 그 독자적인 생리를 살리면 그만이다.

그럼 칼럼이란 대체 무엇이냐? 우선 부정적인 논법으로써 그 개념 규정을 작업해볼 필요가 있다. 그건 학술논문도 아니고, 모든 종류의 평론과도 다른 것이며, 계몽적인 해설, 선전의 문서도 아니다.

신문이라고 하는 세계 속에서 그 위치를 찾아내면 사설이라고 하는 우등생의 답안, 일반 정보를 다루는 보도면, 계몽 위주의 각종 해설란 틈에 일정한 과업을 띠지도 않고 슬며시 끼어 있는 것이 소위 칼럼이란 것이다. 좀 더 정확하게 말하면 전부가 칼럼으로만 되어 있는 신문에 유독 칼럼이라고 부르는 까닭은 일정한 과업이 없으니 그저 칼럼이라고밖엔 할 수 없다는 사정이다.

그러나 거의 정기적으로 집필하고 있는 칼럼니스트는 특수한 예를 제외하곤 스스로가 스스로의 과업을 정하되, 사설과 해설란과 가십란의 영역을 침범하지 않도록 유의하며 '무엇인가'를 써야 하는 아르티장artisan이다.

그 '무엇인가'가 바로 문제이다. 그러나 이 문제에 대한 답안은 전에도 썼고, 지금도 쓰고, 앞으로도 쓸 칼럼을 통해서 제시할 수밖에는 없다고 하겠다.

가장 자유스러운 것 같으면서도 비자유스러운 것, 잘 써야 하면서 우등생적인 답안이 되어서는 안 되는 것, 상식보다는 편견이 설득력을 가져야 하는 것, 곱사등이를 아내로 맞았더니 베개가 백 개쯤이나 필요하다는 걸 안 사나이처럼 칼럼니스트는 우울하기도 한 직업이다.

독서는 과연 유익한 것인가

계절처럼 독서 주간이 돌아왔다. 책 읽기를 권장하는 명사들의 글이 신문 지상에 나타나기도 한다. 독서를 해야 한다는 웅변 대회도 열릴 것이다.

나는 극히 최근까지 책은 안 읽는 것보다 읽는 편이 낫고, 너절한 책을 읽는 것보다 좋은 책을 읽는 편이 낫다는 소박한 신앙 속에서 살아왔었고, 주변의 후배들에게 그렇게 권하기도 했었다. 그런데 요즘 생각이 달라졌다.

높은 벼슬을 하고 있는 사람들을 보니 대개 책을 안 읽었거나 적게 읽었거나 한 사람들이고, 돈을 많이 번 사람들도 대개 그렇고, 제법 똑똑하게 입언立言하는 사람들 가운데도 책을 읽는 사람이 드물다는 사실을 알았다.

생을 이 세상에 받은 바에야 높은 벼슬을 하거나, 돈을 많이 벌거나, 똑똑한 사람이 되거나 하는 것이 인간의 본영일 텐데, 그 본영을 다하는 데 있어서 책을 읽는 행위가 본질적인 것이 아니라는 증거가 나타났으니 나의 소박한 신앙이 흔들리지 않을 수 없었던 것이다.

오락으로도 독서는 그 구실을 못하는 것 같다. 책을 읽는 것보다 푸른 잔디를 밟으며 골프를 치는 편이 낫고, 미희美姬를 시켜

술을 따르게 하여 양소良宵:良夜를 지내는 편이 즐겁고 스트립쇼를 보는 것이 유쾌하다. 그럴 만한 돈이 없으면 영화관에 갈 수도 있고, 영화관에 가기 싫으면 오징어 안주로 소주나 마시고 몽롱한 눈으로 텔레비전이나 보고 있으면 된다. 아니면 바둑도 있고, 장기도 있고, 통술집도 있고, 파고다 공원도 있다. 어떤 각도로 보아도 오락에 있어서 독서가 간연間然할 바가 없는 것 같다.

최소한도 글을 읽어야 한다면 신문이나 주간지 정도로써 족하다. 거기서 공급되는 정보나 지식으로서 똑똑하게 입언할 수 있고, 회화할 수도 있다. 섣불리 책을 읽었다가는 오히려 머저리가 되는 경우마저 있다고 생각하면 독서란 출세와 입신의 지장이 되었으면 되었지 결코 유익한 게 되지 못한다는 사실을 안다.

이러한 사정은 어제오늘 시작한 것이 아니라는 것도 문헌을 통해서 알 수 있다. 서양의 철학자 소크라테스는 그의 유식 때문에 무식한 사람들에 의해 사형을 당했고, 동양의 대선배 공자孔子는 무식한 군중에게 학대를 받았다.

위편韋編이 삼절三絕하도록 독서를 했지만 스스로 불우不遇를 사고 허명虛名만 남겼다. 문文은 기명성記名姓을 할 수 있을 정도이면 족하다는 항우項羽의 말은 두고두고 명심할 말인 것 같다. 또한, 칼을 휘둘러 천하를 잡은 사람은 있어도 책을 읽어 천하에 패자된 자는 없다.

내 얕은 경험에 의하면 독서의 공죄 논의는 좀 더 신중을 기했으면 싶다. 책을 읽는 사람 앞에서는 나도 제법 똑똑한 척해 볼 수 있지만, 책을 읽지 않는 사람 앞에 가면 꿈쩍도 못 한다.

그들은 하늘이 흐리면 날씨가 나쁘고, 사람이 한 번 죽으면 다시 살지 못하며, 돈과 권세는 어떤 가치보다도 강하다는 진리를 생득적生得的으로 체현體現하고 있다. 이런 사람들 앞엔 독서를 통한 진리니 진실이니 하는 것은 철벽을 향한 당랑螳螂의 도끼발과도 같다.

뿐만 아니라 만 권에 가까운 책을 소장하고 있는 나 자신이 한 권의 책도 갖지 않은 사람보다도 부모에게 불효, 친우에게는 불신, 사회의 생활인으로 낙제생이란 사실을 자각할 때 앙천부지仰天俯地, 몸 둘 바를 모르는 심정이 될 때도 있다.

독서를 권한다고 해서 독서열이 높아질 까닭이 없는 것과 마찬가지로, 이런 말을 한다 해서 독서하는 버릇을 버릴 사람이 있지도 않을 것이다. 다만, 독서인의 무문곡필적 행동보다 무서인無書人의 강변强辯이 때론 청랑晴朗한 경우가 있다는 것을 덧붙이고 싶다.

너는 어떻게 할 것인가 하고 물으면 나는 내가 좋아하는 서적과 더불어 낙오하는 편을 택하겠다고나 할까.

사르트르 단상斷想

"펜Pen은 검劍이 아니다."

너무나 당연한 이야기가 아닌가. 당연하다고 납득하면서도 사상가, 또는 언론인은 '펜'의 힘이 파사현정破邪顯正에 있어서 무기의 힘보다 강하다는 은근한 신념 내지는 신앙 속에서 살고 있다. 강하다는 단정보다 강해야 한다는 당위의 뜻으로 '펜'은 검, 그 이상이라고 믿고 있는 것이다. 이러한 믿음이 없었다면 유사 이래 수많은 천재들이 한 자루의 '펜'에 의지해 고난의 길을 걷기를 택했을 리가 없다.

그런데 여기에 새삼스럽게 '펜'은 검이 아니란 술회가 나타났다. 사르트르의 '말'이란 책명을 붙인 자서전은 '오랫동안 나는 나의 펜이 검이라고 생각해왔었다. 그런데 오늘날 문필 생활을 하는 우리들이 무력하기 짝이 없다는 사실을 알았다'는 말로써 끝을 맺고 있다. 극동의 반도, 사문난적斯文亂賊의 전통이 뿌리 깊은 나라에서의 발언이었다면 우리는 잠꼬대처럼 흘려 들을 수가 있다.

그러나 프랑스인 하고도 사르트르의 말이기에, 어린 시절부터 문필 생활을 천직으로 삼고 평생을 저작에 바치고 있는 사람의 말이기에 우리는 깊은 함축을 느낀다.

이상하게도 우리나라에서는 등한시되고 있지만, 그의 학설과 의견에 추종하거나 말거나 오늘의 철학, 오늘의 문학, 오늘의 정치 문제를 논하는 데 있어서 사르트르를 빼놓고는 시대적 논의의 핵심에 이르지는 못할 것이다.

그런데 우리나라에선 사르트르의 《존재와 무》가 수입되기도 전에 사르트르의 철학은 극복되어버렸고, 사르트르의 작품이 채

읽히기도 전에 불모의 것으로 비판되어버린 이상한 상황이 나타났었다. 극복의 천재, 비판의 천재들은 이 책을 읽기도 전에, 난마에 쾌도처럼 삽상했다.

사르트르는 4세 때부터 글 읽기를 배우고, 8세 때에는 제법 깔끔한 소설을 썼을 정도로 신동이었다.

실존주의자라는 철학 유파는 사르트르를 통해서 세계의 대중에게 알려지게 되었다. 《존재와 무》, 《변증법적 이성비판》을 노작한 대철학자, 《구토》, 《자유의 길》을 쓴 대소설가. 《더럽힌 손》 《알토나의 유폐자》를 쓴 대작가. 《스탈린의 망령》을 씀으로써 공산 정치의 정체를 분석 폭로한 대정론가이기도 하다.

서유럽의 비평가들은 그에게 대한 호오好惡의 감정을 넘어 사르트르를 최선의 의미로든, 최악의 의미로든 유럽 지성의 상징이라고 보고 있다.

최선의 의미란 그의 분명 솔직하고 진지한 학구적 태도, 최선의 방향을 택하려는 노력을 말하는 것이고, 최악의 의미란 그가 구원이 없는 절망의 철학자라는 데 있다.

그러나 보기에 따라서 그의 절망은 우상을 신으로 오인하는 감상을 배제하고, 공식으로서 행복을 구축할 수 있다는 미망迷妄을 분쇄하고, 웅변에 사기를, 명중에 허위를 간파하는 통찰력으로 반半제품 희망보다 훨씬 청명하다고 할 수가 있다.

공산주의자들이 그를 싫어하는 강도가 제국주의자들이 그를 싫어하는 강도와 마찬가지란 사실은 결코 우연의 일치가 아닐 것이다.

그러한 사르트르가 인생의 황혼에 앉아 자기의 '펜'의 무력을 절감했다는 것은 인생으로서의 절망을 보았다는 말과 똑같다. 그는 후세에 남아 생명을 가지는 작품보다 현실을 변개變改하는 데 효과가 있는 문필 활동에 중점을 둔 사람이다. 그러니 사르트르의 절망은 현실 참여를 목표로 한 문필 활동의 한계를 상징적으로 표명한 것이기도 하다.

그런데 우리들은 언제 '펜'은 검이란 소박한 신앙에라도 충실해본 적이 있었던가. 숨가쁘게 그를 극복하려고만 말고 '쓴다는 것은 어쩌자는 노릇인가', '누구를 위해서 쓰는가', '무엇을 써야 하는가'를 사르트르와 더불어 진지하고 치밀하게 생각해볼 필요가 있는 것이다.

오욕의 호사

도스토옙스키를 읽으면 인생을 알게 된다는 말이 있다. 셰익스피어를 읽으면 그것을 읽기 전과 읽은 후의 눈빛이 달라질 것이란 말도 있다.

나는 몇 달 전. 사로얀을 읽고 감동했다. 엄격한 독서인은 '그 따위를 읽고 감동하는 걸 보니 너도 별 수 없는 놈이로구나.' 하는 핀잔을 주시겠지만, 엇갈린 이해관계를 중핵中核으로 독스럽게 파악하려고 드는 사회를 선의의 가냘픈 실로써 영롱하기가 구슬 꾸러미처럼 엮어놓은 따뜻한 마음, 부드러운 빛, 섬세한 수법, 게다가 구절과 구절의 사이, 행과 행의 사이에서 스며 나오는 '인생을 산다는 것은 얼마나 아름다운 일인가, 그러나 인생을 산다는 것은 얼마나 안타까운 일인가' 하고 되풀이되는 듯한 한숨 같은 입김이 그저 고맙고 반가왔다.

문학이란 참으로 좋은 것이다. 그러니 어찌 문학을 등질 수 있겠는가 하는 실감을 얻기까지 했다. 그런데 사로얀의 세계와는 전연 다른 장 주네의 《도둑 일기》에서 오욕汚辱의 호사豪奢라는 것을 배웠다. 솔로몬의 영화榮華에 못지않은 오욕의 호사를 말이다.

솔로몬의 영화도 조금만 파고들어보면 결국 오욕의 늪沼 위에 핀 영화에 불과하다.

그 영화의 바탕에는 밧세바의 남편을 죽이고, 밧세바를 겁탈해선 솔로몬을 잉태케 한 다윗 왕의 강간 행위가 있다.

이렇게 볼 때 악이 성화되고, 허위가 진실 이상으로 진실이 되는 기적이 놀라울 것이 없다. 히틀러의 절대 권력도 따지고 보면 파리 목숨만도 못한 목숨을 지닌 병사들의 집결이 나타낸 고등 수학적인 발현일 뿐이다.

주네는 문둥병자의 상처에 응결된 피와 고름의 결정을 보석의 아름다움에 비했다. 꽃처럼 붉은 눈물을 밤새워 울었던 문둥병자를 읊은 이 나라의 서정주 시인과 같은 발상이라고 하겠으나 주네의 경우는 보다 철저하다.

서 시인은 부패해가는 육체에서 짜낸 눈물이 수정 같은 맑음을 부각해서 이른바 추에서 '미'를 추출했지만, 주네는 부패해가는 과정 자체에 '미' 이상의 호사를 보는 것이다. 그러나 여기서 서투른 시론을 전개하려는 것은 아니다.

오욕 속에 파묻혀 살면서 예사로 오욕을 멸시하는 상식의 노예만은 되지 말라는 이야기이다. 불합리하고 부조리한 상황 속에서 절망할 정열도 없으면서 절망한 척 꾸미지나 말자는 이야기일 뿐이다.

현실적인 것은 모두 합리적이란 말은 지나친 말이지만, 현실적인 것은 오욕의 측면까지를 포함해서 생명적인 것이다. 생명이란 가치를 초월하는 현상이다. 우리는 생명을 아낄 줄 알면 그만인 것이다.

우리가 주네에게서 배우는 것은 설혹 문둥이일지라도 생명이 있는 한 호사롭다는 것이다.

문둥이는 생명이 스스로를 유지하기 위해서 얼마나 추하게 될 수 있는가의 극한을 보여준다.

생명의 극한으로서의 문둥이에 호사가 있다고 우기는 마음 앞에 두려울 것이란 없다. 이미 차가와 있는 마음은 얼음장도 겁내지 않으며, 이미 뜨거워 있는 마음은 작열하는 철조鐵條인들 겁내지 않는다.

오욕의 호사를 배운 눈으로써 나는 나의 생활 주변과 그것을 둘러싼 산하山河를 보면 이제야 사랑해야 할 사람을 사랑할 수 있을 것 같다.

누항의 추잡을 견디고 가면극의 진의를 알아챌 수 있고, 낮은 곳으로만 흐르게 마련인 물의 이치로서 역사를 볼 줄 알고, 꽃 속의 독을, 독 속의 약을 가려내며, 서로 죄인끼리 어깨를 치며 웃을 줄도 알 것 같다. 그리고 다음과 같이 중얼거려 보고 싶은 충동마저 일어난다.

"예술가의 불행은 정치가의 행복보다 낫다. 나는 행복한 정치가가 되기보다 불행한 예술가가 되는 길을 택하겠다."

이것이 또한 행복 이상의 호사가 아닌가.

조조曹操 삼부자

후한後漢에서 삼국 시대에 이르는 동안은 악의惡意가 공기空氣처럼 가득 차고, 살벌한 빛을 띠고 태양이 뜨고 지고 했던 시대이다. 그 파란의 계절, 혼란한 땅 위에 현란한 건안建安의 문학을 꽃피운 시정詩情이 있었는데, 그 중심인물이 바로 조조曹操 3부자였다는 것은 놀라운 일이다.

조조는 난세亂世의 영웅으로 일생을 전쟁터에서 권모權謀와 술수術數를 다한 사람이다. 그러나 문인文人을 숭상하는 정이 두터웠던 사람이었으며, 그 자신 또한 희대稀代의 시인이었다.

술을 대하면 마땅히 노래 부를지어다.
덧없는 인생,

비유컨대 아침의 이슬과도 같구나.

쓸쓸하게도 거일去日만 많도다.

對酒當歌 人生幾何 譬如朝露 去日若多

저 동산의 시를 슬퍼하며

유유히 스스로의 비애를 넌다.

悲彼東山詩 悠悠使我哀

이런 시를 자세히 살펴보면, 호방하면서도 다감多感한 그의 시인으로서의 면목을 알 수가 있다.

조조의 장자 조비는 시문時文도 출중했지만, 산문散文에 더욱 능했다. 그는 문장을 '경국經國의 대업'이라고 갈파하리만큼, 문인 숭배에 있어서 아버지에 뒤지지 않았다.

"생각컨대 문장은 국정國政과 깊은 관련을 갖는 영원 불휴의 위대한 작업이다. 인간의 수명은 끝나기 마련이고, 영화는 그것을 향수享受하는 당자에 국한된다. 그러나 문장은 영원한 생명을 지닌다."

이런 내용을 골자로 한 조비의 문학론은, 현대에도 생동하는 정연하고 웅휘한 이론이다.

그러나 건안 문학建安文學의 중심으로서 찬연한 것은 조조의 셋째 아들 조식曹植이다. 딴 사람은 말할 것도 없고, 그의 아버지나 형도 한결 빛나는 조식에 견주면 위성衛星에 불과하다.

《삼국지三國志》 본전本傳은 조식이 10세에, 《시경詩經》과 《논어論語》를 비롯한 사부辭賦 수십만 언을 암송하고 있었다고 전한다. 조조도 독서를 좋아하여 말 위에서도 책을 놓지 않았다고 하지만, 조식의 근면도 이에 못지않았다.

부친의 총애를 일시에 모았던 소년 시절, 형 조비와의 후계 다툼으로 실의를 안고 20대 후반부터 벽지를 전전하다 41세를 일기로 세상을 떠나기까지의 그의 파란은, 그 천재天才를 곁들여 흥미진진한 한 권의 소설을 이룰 것이다.

조식은 30권에 달하는 작품을 썼다고 하는데, 거의 없어졌고, 시 수십 수와 사부辭賦가 남아 있을 뿐이다.

그의 기질을 가장 잘 나타낸 작품이라고 고래로 추거推擧되는 것 가운데 〈야전황작행野田黃雀行〉이란 시가 있다. '행行'이란 '노래歌'란 뜻이다.

높은 나무에 비풍悲風이 많고
해수海水는 파도를 울린다.
이검利劍을 갖고 있지 못할 바엔
친구를 많이 사귄들 무얼할까.
보려무나, 저 울타리 속의 참새들을
독수리를 보곤 그물에 뛰어들었다.
그물을 친 집은 참새를 얻었다고 기뻐했으나
소년은 참새를 보고 슬퍼했다.

칼을 빼어 나망羅網을 치니

참새는 자유롭게 날아갔다.

날아 창천으로 오르더니

다시 내려와 소년에게 고맙다는 인사를 했다.

高樹多悲風 海水揚其波 利劍不在掌 結友何須多

不見籬間雀 見鷂自投羅 羅家得雀喜 少年見雀悲

拔劍捎羅網 黃雀得飛飛 飛飛摩蒼天 來下謝少年

일설에 이 시는 형 조비와의 권력 투쟁 때문에 죽은 조식의 신하 양수揚修 등을 슬퍼하여 지은 시라고도 하고, '참새'는 당시 옥중에 있던 정의丁儀를 뜻한 것이라고 풀이하기도 한다. 어쨌든 이 검利劍, 권력이 없기 때문에 많은 친구를 비명에 죽게 한 한탄이 사무쳐 있음을 느낄 수 있다.

다음의 칠보시七步詩는 조식이 조비와의 상쟁相爭을 슬퍼하고 지은 노래라고 한다. 《삼국지》 가운데도 소개되어 있는데, 그것과 이것과는 처음 부분이 다르다.

콩을 삶아 두유豆乳를 만들고

발효시켜선 즙을 만든다.

콩대는 솥 밑에서 불타고

콩은 솥 안에서 운다.

본시 같은 뿌리에서 났는데

62

왜 이렇게 서로 들볶는가 말이다.

煮豆持作羹 漉豉以爲汁 其在釜底然

豆在釜中泣 本是同根生 相煎何太急

자유의 다리

자유의 다리

제리 더피의 애화哀話

제리 더피의 애화는 전사한 모든 사람들의 애화이다. 역사 이래 수천만으로 헤아릴 수 있는 애화 가운데의 한 토막—.

전사한 아버지·남편·형제·오빠·아들·친구 등을 가지고 있는 우리나라 사람들도 그 슬픔을 나눠 가질 수 있는 애화이다. 그러나 역사에 전쟁이 있고, 전쟁엔 전사자가 나오게 마련이라면 그 슬픔이 바다처럼 넓고 깊어도, 바다를 크다고 말하는 말이 새삼스럽듯이, 그 애화를 더욱 슬퍼한다는 것은 새삼스러운 일일 수밖에 없다.

월남베트남 전쟁에서 미군의 전사자를 4만 5,000명 가량이라고 하니 월남 군인, 한국 군인, 게다가 월맹베트민·베트콩의 전사자, 그리고 비전투원의 죽음을 합치면 백만이란 수를 훨씬 상회할 것이라고 본다. 제리 더피의 죽음은 줄잡아 백만의 죽음 가운데의 하나의 죽음인 것이다.

그런데 그 죽음이 역시 충격적이었다는 것은 1971년의 마지막 주간에 있었던 단 하나의 전사였다는 사실이다. 1965년 2월의 어느 주간엔 한 사람도 전사자가 없었다. 그러니 그 기록 이래로 최소의 기록이 된다는 것인데, 그 최소의 기록이란 바로 그 점이 더욱 가슴 아프고, 그런 까닭으로 《라이프》지는 제리 더피의 죽음을 특집으로서 취급했다.

《라이프》지는 4년 전 어느 주에 400명의 미군 전사자가 있었다는 사실을 상기시키면서 다음과 같이 기록하고 있다.

"…… 월남 전쟁에서 단 한 사람이 죽었다는 사실을 닉슨 대통령은 텔레비전 인터뷰에서 전쟁 완화를 위한 그의 정책이 성공한 증좌證左로서 지적했다. 그러나 그러한 통계숫자적 승리가 더피의 죽음을 슬퍼하는 그의 가족과 그의 고향 사람들과 어떤 관련이 있단 말인가. ……"

나는 이 센티멘털한 기사를 읽고 '정치와 개인'이란 낡은 문제를 반추反芻해보았다. 정치는 최대 공약수적, 또는 최소 공배수적인 답안을 추구하지 않을 수 없는데, 개인은 그 메커니즘 속에서 스스로의 소우주를 지탱해가는 것이다. 그러니까 때에 따라서는 정치의 절사 작용切捨作用에 걸려 소우주는 가루가 되게 마련이다.

따라서, 이러한 정치의 절사 작용을 승인하지 않을 수 없는 그

만큼 개인에의 집착, 개인의 미의 추구가 치열해지고, 또한 진지해야만 한다고 믿는다. 문학의 사명은 여기에 있다. 그런 뜻에서 제리 더피에 관한 《라이프》지의 특집기사는 높이 평가할 만하다.

더피의 기사를 읽으면서 나는 오마 브래들리 장군의 추도사를 회상했다. 2차 대전이 끝난 직후 웰링턴 묘지에서 전사자들을 위한 합동 추모식이 있었다.

다음은 당시 브래들리 장군이 행한 추모사의 대략을, 기억을 더듬어가며 초록한 것이다.

"풍광이 아름다운 뉴잉글랜드의 언덕에 묻힌, 조국과 세계 평화를 위해 산화한 여러 영령들 앞에 서니 나는 먼저 자책감으로 마음이 아픕니다. 만일 여러분 가운데 소리가 있어 '왜 나를 죽게 했느냐'고 물으면 내겐 할 말이 없습니다. 우리에게 보다 깊은 슬기가 있고, 보다 성실한 노력이 있었더라면 전쟁을 미연 未然에 방지할 수가 있었던 것입니다. 그래서 여러분을 비명에 죽게 하지 않고, 여러분의 가능성을 꽃피울 수 있도록 할 수도 있었을 것이며, 저 느티나무의 그늘에서 손자들과 더불어 즐겁고 안락한 노년을 보낼 수도 있게 했을 것입니다. 그런데 그렇게 하지 못하고 여러분의 생을 좌절케 했으니 그 죄책은 보상할 길이 없습니다. …… 지금 우리가 할 수 있는 일은 여러분이 용감하게 죽어간 그 용감함을 살아가는 데 있어서 용감하도록 배우는 길뿐입니다. 다시는 이러한 불행이 없도록 최선, 최대의 노력을 다하겠다는 맹세와 그 실천이 있을 뿐입니다. ……"

나는 이러한 양식良識이 그 보람을 다하지 못하고 있는 세계를 슬퍼한다. 이러한 성의誠意가 발언권을 갖지 못하는 정치에 실망한다.

나는 더피의 감회를, 우리나라에도 무수히 있을 더피에 대한 진혼鎭魂의 뜻으로 이 글을 쓰고 있는 것이다.

안젤라 데이비스의 비극

여자의 나이 25~26세, 가장 흥미의 대상이 되는 나이이다. 안젤라 데이비스는 방년 26세의 여자이다. 《뉴스위크》지의 표현을 빈다면 이 여자는 드물게 보는 지성인이며, 드물게 보는 미인이라고 한다. 그런데 이 여자가 지금 미국의 뉴스 프론트에 침울하게, 삽상하게, 그리고 화려하다고도 할 수 있는 각광을 받고 등장했다. 체격이 좋은 사나이만을 뽑는다면 미국 FBI 요원들보다 키가 크고, 수갑을 채웠음에도 불구하고 늠름하고, 게다가 미니스커트가 썩 잘 어울리는 모습으로 세인의 이목 앞에 성큼 나타난 것이다.

안젤라 데이비스는 흑인 부호의 딸로서, 명문 브랜다이스, 소르본 대학 출신이며, 독일의 대학에서 철학을 연구하였고, 한때 캘리포니아 대학의 철학 교수를 역임한 경력을 가지고 있다.

26세 여자의 경력으로선 너무나 현란하다고 아니할 수 없다.

그 여자를 가르친 교수들은 자기들의 전 교육 생활에서 한둘 만날 수 있는 탁월한 재능의 소유자라고 격찬했고, 그 여자를 아는 친구들은 모두들 입을 합하여 침착하며, 수줍기도 한 그녀의 성품을 찬양하고 있다.

이러한 안젤라가 극악한 테러리스트가 되었다고 하니 그의 친구들은 믿을 까닭이 없다. 그런데 FBI의 발표에 의하면 앞서 일어난 캘리포니아 주 머린 군郡의 샌 라파엘의 법정 습격 사건의 주모자가 곧 안젤라 데이비스란 것이었다.

샌 라파엘의 사건이란, 잭슨이란 청년이 법정에 총기를 가지고 들어가서 재판을 중지시키고 흑인 죄수 세 명과 판사를 납치해서는 총격을 받고 모조리 총살된 사건이다.

그런데 이 사건을 안젤라가 배후에서 조종하였다는 것은 그때 사용된 무기들이 모두 그 여자에 의해 구입된 사실로서 밝혀졌던 것이다.

이 사건이 있자 안젤라는 재빠르게 몸을 숨겼다. 그의 동지들은 안젤라가 무사히 국외로 탈출했을 것이라고 믿고 있었던 모양인데, 그녀는 마이애미의 어떤 호텔에서 FBI에 순순히 체포되었다.

안젤라는 샌 라파엘의 법정 습격 사건이 있기 전에도 FBI의 치밀한 감시를 받고 있었다.

안젤라가 캘리포니아 대학의 교수로 취임하자마자 FBI가 말썽을 부린 바람에 대학 교수와 학장의 반대를 무릅쓰고 대학 이 사회는 안젤라를 해임했다. 그러자 일대 항의 시위가 학교 내에서 벌어졌다.

그 항의가 주효하여 드디어 안젤라는 첫 강의를 가질 수 있었는데, 그때 1,000명의 학생과 학부 교수 회원이 참석했다고 한다.

그 강의에서 안젤라 데이비스는 다음과 같이 외쳤다.

"저항·배척·도전은 어떤 영역에 있어서도 자유에 이르는 필수적 요건이다. 자유에의 길은 모든 십자로마다 저항의 표지를 달고 있다. 정신적인 저항, 육체적인 저항, 길을 막으려고 하는 일체의 장애를 분쇄하기 위한 저항이다. 우리들은 노예의 경험에서 배울 수 있으리라고 나는 생각한다."

이런 까닭도 있어 안젤라의 강의는 FBI의 치밀한 감시를 받았다. 학부의 간부가 언제나 그 강의에 참석했고, 강의 내용은 테이프 레코드에 수록되었다.

당시를 회고한 학부장은 이렇게 말했다.

"안젤라는 모든 영역에 있어 탁월했다. 미합중국은 경찰에의 습격, 공공건물의 파괴 등, 불순분자들의 테러 때문에 골치를 앓고 있는 바, 지금 진행 중인 선거에 있어서 이런 문제가 가장 중요한 이슈로 되어 있는 모양이다. 안젤라 데이비스의 사건은 이와 같은 정황이고 보니 상당히 엄격히 다루어질 수밖에 없지 않을까 한다."

그 재능, 그 미모, 그 능변으로서 어떻게 해서 범죄인이 되지 않을 수 없었는지가 현재 미국의 세론을 들끓게 하고 있는 모양인데, 안젤라 데이비스에게 비극이 있다면 본인의 비극이기 전에 미국 사회의 비극이 아닌가도 싶다.

천사일 수도 있었던 26세의 여자가 죄인이 되었다면 이건 인간 전체의 비극이 아닌가 하는 마음조차 든다.

행복한 나라의 행복한 딸

그러고 보니 거의 1년 반 동안 '안젤라 데이비스'를 지켜 본 셈이 된다. 1970년 8월 7일, 조너선 잭슨이 형무소에 있는 그의 형을 구출할 요량으로 캘리포니아 주 머린 군의 샌 라파엘 법정을 습격, 핼리 판사 외 4명을 인질로 하려다가 피살된 사건 자체도 큰 것이었지만, 그러나 그건 흑인 문제를 둘러싼 허다한 사건 가운데의 하나로서 내게 비쳤을 뿐이다. 내게 있어서의 문제는 이 사건의 조명照明으로 등장한 '안젤라 데이비스'였다.

안젤라가 체포되었을 때, 나는 다음과 같은 뜻의 글을 썼던 것으로 기억한다.

'천사天使가 될 수도 있었던 자질資質을 가진 이 여자를 과격한 투사로 만들었다는 데 본인의 비극만이 아니라 미국의 비극이 있다.'

안젤라 데이비스가 미국 연방수사국FBI이 지명 수배한 '가장 중요한 범인 10명'의 명단에 오르게 된 것은 조너선 잭슨이 머린 군의 법정을 습격할 때 사용한 총기가 그 사건 2일 전 안젤라의 명의로 구입된 바로 그 총기였다는 사실이 확인되었기 때문이다.

캘리포니아의 법률은 총기의 제공자를 그 총기의 사용자와 똑같이 벌하기로 되어 있다. 안젤라 데이비스는 그런 까닭으로 해서 살인·유괴·탈주·약탈 등, 어마어마한 죄명으로 구속 기소된 것이다.

나는 그 여자의 앞날엔 사형이 있을 뿐이라고 짐작하고 스스로를 죽음에까지 몰고 갈 수 있는 사상이란 것이 배금주의拜金主義의 사회라고도 할 수 있는 미국에 안젤라 데이비스란 이름으로 생동하고 있다는 사실에 감상感傷하고, 미국에 있어서의 흑인 문제라는 것을 새삼스럽게 내 나름대로 되씹었다.

그랬던 것인데 1977년 말부터 미국의 대법원에서부터 재연再燃하기 시작한 사형 폐지 논의의 여파로 캘리포니아 주에선 사형을 폐지하는 조치가 취해졌다. 사형이 예상되는 범인에겐 보석이 불가능하다는 규제가 이로써 풀려 안젤라 데이비스는 10만 불의 보증금으로 1978년 3월 보석이 되었다.

그런데 그 보석에 또 일화逸話가 붙었다. 안젤라의 처지로서 당장 10만 불을 지불할 수 없다는 사정을 안 어떤 백인 농부가 그의 신념이 안젤라의 신념과 일치한다는 이유로 그 보석금을 부담한 것이었다.

그때 나는 역시 미국은 위대한 나라라고 썼다. 극형자에 대한 규제가 없어졌다고 해서 보석 결정을 내린 재판소도 위대하고

10만 불을 신념을 위해 지출할 수 있는 농부를 가진 미국의 사회도 위대하다는 뜻에서였다.

그 후의 궁금증을 《뉴스위크》지가 풀어주었다. 바야흐로 치열한 안젤라의 법정 투쟁이 소상하게 보도되어 있었기 때문이다. 이미 95명의 증인을 채택하고 안젤라가 잭슨에게 보낸 편지와 일기 등을 증거로 제출해놓고 안젤라의 유죄를 증명하려고 든 해리스 검사는 거의 완전한 반증反證을 제출해놓은 안젤라의 변호인들에 의해 기습을 당한 꼴이 되었다.

즉, 안젤라의 변호인은 안젤라가 그 총기를 구입한 사실은 부인하지 않고, 하수인인 조너선이 안젤라의 동의 없이 그 총기를 사용했다는 사실만을 중점적으로 내세워 이를 입증하려고 하였다.

머린 군 법정이 있은 날 하오, 안젤라가 로스앤젤레스행 비행기를 타기 위해 가쁜 숨으로 달려간 사실을 검사가 지적한 데 대해서는 《피플스 월드》지의 편집자 칼 브로이스 증인이 '안젤라가 급히 서두른 것은 비행기가 예정 시간보다 한 시간 빨리 떠난다는 사실을 알았기 때문'이라고 반론했다.

그리고 그날 밤 로스앤젤레스에서 같이 있었던 에렌브롬 부인은 10시 30분 친구로부터 온 전화를 받고, 안젤라가,

"조너선이 죽다니, 그처럼 젊은 그 애가……."

하며 울부짖었다고 진술했다.

이처럼 해서 안젤라 데이비스의 변호인단은 추측만을 토대로

한 검사의 유죄 주장과 실증만을 쌓아올린 안젤라 측의 무죄 주장과의 이자택일二者擇一을 배심원陪審員들에게 강요하는 상황을 구성한 것이었다.

그러나 그 귀추는 손에 땀을 쥐게 했던 것인데, 드디어 지난 4일 안젤라의 무죄 판결로 낙착되었다. 주목할 것은 그것이 전원 백인으로써 구성된 12명 배심원의 만장일치의 결의라는 사실이었다.

나는 이 보도를 듣고 언젠가 읽은 적이 있는 미국의 텔레비전 드라마 〈열둘의 성난 사나이들〉을 연상했다.

11명의 배심원들이 간단하게 유죄라고 주장하는 판국에 단한 사람의 진지한 노력의 결과로 전원이 무죄로 의결하게 되는 과정을 그린 그 드라마는 미국 재판의 배심 제도가 가진 단점과 장점을 집약적으로 표현하고, 얼마나 많은 단점을 가졌더라도 배심 제도는 절대로 필요하다는 것을 입증하는 것 같은 수작秀作이었다.

피고는 친아버지를 죽였다는 혐의를 받고 있는 사람인데, 인적 증거와 물적 증거가 거의 완전하리만큼 유죄의 방향으로 나열되어 있었다.

만약 수삼 인의 직업적 법관의 재량裁量에 결정권이 있었더라면 유죄 판결이 확실했다. 그런 것을 청신한 시민의 눈이 조그마한 틈서리를 발견하고, 그 틈서리를 확대해 흑을 백으로 고쳐나간 것이다. 안젤라 데이비스의 경우도 이와 대동소이하지 않았을까 하는 추측이 든다.

즉, 안젤라 데이비스의 재판을 배심원의 참여 없이 직업적 법관의 재량에만 맡겼더라면 체제體制의 적이 되며, 계속 체제의 적으로서 항거하겠다는 의지를 굽히지 않는 안젤라에 대한 법관의 심증心證이 변호인들이 제출한 알리바이가 아무리 완벽했다 하더라도 이를 무시해버렸을지도 모를 일이다.

이렇듯이 미국 재판에 있어서의 배심 제도는 경화硬化되기 쉬운 체계에 민주주의의 활력을 불어넣는 작용을 하고 있다고 볼 수가 있다. 그런데 이 제도를 우리나라에 적용했을 경우는 어떻게 할까 하고 생각하면 쉽사리 답이 나오지 않는다.

배심 제도가 제대로의 보람을 다하자면 강한 시민의 존재가 전제되어야 하고, 강한 시민이 선발될 수 있는 가능이 보장되어야 하니 말이다.

또한, 동시에 미국의 사법 전통을 생각하지 않을 수 없다. 정치 법과 정치 재판은 있을 수 없다는 견식의 지배적인 작용이 안젤라 데이비스로 하여금 청천백일의 광명을 보게 한 것이라고 믿기 때문이다.

1921년 미국의 대법관 올리버 웬들 홈스는 '정부에 반대하는 사상의 자유, 정부에 반대하는 결사結社의 자유를 보장하는 것이 사상의 자유, 결사의 자유'라고 판시判示하고 에이브럼스 사건 관련자 전원에게 무죄의 판결을 내렸다.

이 판결이 빛나는 사법 전통을 만들어 그 전통 속에서 안젤라는 단순한 형사범일 수 있었고, 그랬기 때문에 산술적인 알리바이 증명 정도로써 배심원을 설득할 수가 있었던 것이 아닌가 한다. 그런 뜻에서 안젤라의 무죄 판결은 그 개인의 승리일 뿐만 아니라, 미국 사법계의 승리, 나아가 민주주의의 승리라고 아니할 수 없다.

안젤라가 자기의 조국 미국을 무엇이라고 저주詛呪하든, 안젤라는 좋은 나라의 행복한 딸임에 틀림없다.

자유의 다리

예루살렘의 구시가에 '통곡의 벽'이란 벽이 있다. 유랑의 유태인들이 예루살렘을 찾아와선 그 벽에 이마를 대고 실컷 통곡한다고 들었다. 이산離散 4,000년의 세월이 지났어도 마를 줄 모르는 통곡의 눈물! 유태인은 비애에 있어서의 인생의 실상이라고도 할 수가 있지만, 실은 마르지 않은 그 눈물이 오늘의 이스라엘을 세워놓았다. 그런데 우리는 이미 통곡, 아니 그 의미마저 잊고 있는 것이 아닌가 하는 마음이 든다.

통일로라고 하는 삽상한 도로를 초여름의 태양이 깔린 평화로운 산야 사이로 누벼 달려 '자유의 다리'가에 서서 나는 이러한 감상에 젖었다. 통일로 군데군데 보루를 만들고 있는 공사장이 마음에 걸린 탓도 있다.

통일로란 이름이 너무나도 애절하지 않은가. 자유의 다리란 이름이 너무나도 처량하지 않은가. 문산 근처에서 끊겨진 철로는 무딘 나의 감각으로도 생체의 잔등을 잘라놓은 듯한 무참한 상처였다.

그 철로의 끝에 '철마는 달리고 싶다'는 푯말이 박혀 있었다. 나는 얼른 시선의 방향을 돌려버렸지만 상념의 방향을 돌릴 수는 없었다. 내 자신의 추억으로선 그 철로는 평양·신의주를 넘어 봉천펑톈, 거기서 열하리허·산해관산하이관, 그리고 북경베이징을 거쳐 태원타이위안·제남지난을 지나 양자강양쯔 강 북안의 포구까지 이어져 있었다.

그리고는 한때 봉천에서 하얼빈·치타·하바롭스크·옴스크·톰스크를 거쳐 모스크바에 이르고, 다시 상트페테르부르크, 거기서 로스토프로 꺾어져 폴란드의 바르샤바와, 이어 프랑스의 파리까지 직결되는 길이기도 하였다. 그랬던 것이 악마의 뜻을 닮은 역사의 자의恣意 때문에 그만 문산의 들 가운데서 허망한 꿈의 유해가 되어버린 것이다. 2차 대전을 통한 문제 해결의 노력이 하필이면 이곳에서 치유하기 어려운 결절結節을 남겨버렸다는 것은 충격이다.

이러한 충격 속에서 보는 임진강이 슬프지 않을 수 없다. 동족상잔의 혈투, 그 기억이 어제의 일처럼 생생한데, 그 흐름의 고요와 산용山容의 고요가 무심할수록 나의 마음은 비분으로써 격했다.

갖가지의 악과 갖가지의 화근이 그 고요하게 현전하고 있는 풍경 속에 집약되어 있다고 생각할 때, 통일로가 관광 코스로 변하고, 자유의 다리가 관광지로 화한 의미가 비극인지 희극인지를 분간할 수가 없었다.

'통곡의 벽'이 관광객의 구경거리가 될 수 있듯이 '자유의 다리'나 '임진강'이 그렇게 되는 것도 당연한 일이라고 납득을 하려고 했지만, 나에게는 역사의 현장이란 의식이 너무나 강했던 탓인지 그 주변에 자동차를 세워놓고 구김살 없는 웃음과 더불어 종달이처럼 쾌활하게 환담하고 있는 관광객들을 예사로 지나쳐버릴 수는 없었다.

그러나 악한 역사가 그 자체의 존재 증명과 합리성을 인간의 그러한 관광 심리적 측면을 통해서 습득한다는 사실을 두고는 비분도 강개도 있을 수 없다는 사실을 익혔다.

분단된 국토를 지나치게 서러워하면 위험 사상으로 발전될 수 있다는 충고가 가능할 정도로 국토의 분단은 우리의 역사를 왜곡하고, 우리의 생활과 우리의 의식을 이지러지게 만들었다.

북한을 비롯한 우리 민족의 적은 이 불구의 상황을 이점으로 이용할 만큼 간악하다. 통일을 해야 한다는 제1외적인 문제가 그 자체의 난해성을 더해 최종적 과업으로 보류되어야 하는 연유도 여기에 있는 것이다.

민족의 단결을 위해서 민족 가운데 숨어 있는 적을 가려내어 숙청하는 작업을 우선시해야 한다는 사실, 국토의 통일을 완수하기 위해서는 국토의 분단 상황을 더욱 뚜렷하게 부각시켜야 한다는 사실, 적의 전쟁 준비에 보다 우세한 전쟁 준비로써 대비하지 않으면 촌각의 평화조차도 유지할 수 없다는 사실, 이 모든 사실을 우리는 피할 수도 없고 피해서도 안 될 상황에 비극의 심각성이 있다.

끊길 줄 모르는 유태인들의 눈물이 오늘의 이스라엘을 만들었듯이 우리들의 언제나 샘솟는 눈물만이 통일로를 통일에 이르는 길로 만들고 '자유의 다리'를 자유에 이르는 다리로 만든다. 끊겨진 철로에의 진지한 비통이 있어야 그 철로를 소생시켜 비로소 우리들도 세계와 더불어 맥박을 같이하는 건강을 회복할 수 있는 것이다. 진정한 지혜와 용기는 슬픔에의 올바른 인식을 통해서만 가꾸어진다.

인류의 역사는 전쟁의 역사다

우리나라 말 가운데 가장 지독스럽다고 생각되는 것에 이런 말이 있다.

"내 복에 난리?"

이 말은 난리, 즉 전쟁보다도 더 고생스러운 환경 속에서 허덕이는 사람의 소리이다. 전쟁보다도 더 고생스럽고 지겨운 사실이 또 있을까. 그런데 이 말이, 전쟁이 나면 한몫 보겠다고 벼르다가 전쟁이 나지 않자 실망해서 하는 소리라면 등골이 오싹할 일이 아닐 수 없다.

길을 막아놓고 물어보지 않더라도 알 일이다. 세상에는 전쟁을 원하는 사람이 있는 것 같지 않다. 전쟁이 발생하기만 하면 졸병이 되어 총을 메고 전지로 가야 할 것이 확실한 사람이면 더욱 전쟁을 원하지 않을 것이다. 전쟁은 비통한 것, 전쟁은 피해야 할 것, 누구나 이 의견엔 일치한다. 그럼에도 불구하고 전쟁이 연이어 일어난다.

60년대에 노르웨이의 어떤 통계학자가 역사상의 전쟁을 헤아리는 계산 기구를 설치했다. 그 기구의 계산에 의하면 기록된 인류의 역사를 5,560년으로 치고, 그동안 1만 4,531회의 전쟁이 발생했다고 한다. 그러니 1년에 평균 2.6회의 전쟁이 있은 셈이고, 185세대로 역사를 환산하면 이 가운데 겨우 10세대만이 전쟁을 모르고 지난 것으로 된다.

이러한 과거를 지니고 있으면서도 인간은 상금도 전쟁을 멈추지를 않는다.

전쟁을 막기 위해서 전쟁을 확대해야 하고, 평화를 이룩하기 위해 전쟁을 서둘러야 한다고 외치는 소리조차 있다. 이성적 인간이니 인간의 양식이니 하고 별의별 소리를 다해도 전체로서의 인간은 우열하고 흉악하며 노둔魯鈍하고 영맹獰猛하다.

월남의 경우는 참으로 비참하였다. 소강 상태의 몇 해를 제외하면 1940년부터 무려 30년 동안을 월남은 전화에 휘몰려 있었던 판이었으니 진리로 언어도言語道가 단斷하고 심행처心行處가 감減했던 노릇이었다.

그리고도 그 전화는 라오스로 확대되고 캄보디아를 휩쓸고 있어 그 전도는 거익태산去益泰山이었다. 그 많은 불제자들의 기도와 염불은 허공에 이슬이 되고, 메콩 강에는 부란腐爛한 시체가 표류하여 '세속을 염리厭離하라', '인간을 염리하라'고 말했다.

미 국무성은 2차 대전 이후 지금까지 40여 종의 전쟁이 있었다고 다음과 같은 기록을 발표했었다.

인도네시아 독립 전쟁(1945~47), 중국 내란(1945~59), 카슈미르 분쟁(1947~49), 필리핀 내란(1948~52), 인도차이나 전쟁(1946~54), 말레이시아 분쟁(1945~54), 한국동란(1950~55).

이밖에 대만에 있어서 본토인과 도민 사이의 상극, 중동 전쟁, 케냐 동란, 헝가리 동란, 금문·마조도 사건, 레바논, 베트남, 라오스, 캄보디아, 티베트, 키프로스, 알제리, 쿠바, 쿠웨이트, 고아, 예멘, 콩고, 앙골라 등의 사건, 히말라야 분쟁, 서뉴기니, 콜롬비아, 알제리와 모로코 분쟁, 베네수엘라 내란, 쿠바 내란, 인도·파키스탄 분쟁, 인도·중국 국경 사건, 중·소 국경 사건, 비아프라의 내란, 이란·이라크 전쟁 등 헤아리기 숨이 가쁠 정도이다.

뿐만 아니라, 세계 도처에 일촉즉발의 발화점이 있다. 예컨대 한국의 휴전선, 동·서독의 경계, 중·소 국경. 이러한 바탕 위에 강대국은 무기 제작 경쟁 등이다. 우주여행, 월세계 여행 등도 모두 허울은 좋지만 따지고 보면 전쟁의 예행 연습인 것이다.

인류는 전쟁을 졸업하려는 것이 아니라 더욱더 전쟁에 열중할 참인 것 같다. 요한 23세가 〈지상의 평화〉 교서를 선포한 지 이미 오래지만, 세계의 상황은 그 보람과 아득히 멀어져가고 있다. 가능하다면 전 세계의 지도자들에게 일제히 불신입장을 냈으면 좋겠다.

조소적 현대嘲笑的 現代

1969년에서 1970년에 이르기까지 인간들은 서로가 서로를 죽이기 위해 2,040억 달러 상당의 돈을 썼다고 한다. 이 금액이 얼마쯤 되는 것인지 그 실질을 실감할 수가 없다. 연간 수출 실적이 10억 달러나 되었다고 해서 자축하는 나라, 1년 총예산 20억 달러 이내인 국가의 국민에겐 너무나 아득한 숫자라고 하겠다. 그리고 우울한 숫자이기도 하다.

'하나님의 아들'로서 자처하는 사람들이, 또는 '호모 사피엔스=이성인'으로서 스스로 명명하고 있는 사람들이 그 가운데서도 엘리트라고 할 수 있는 두뇌들이 모여 전비戰費 또는 국방비란 명목으로 계획적 집단 살인을 위한 비용으로서 2,040억 달러란 돈을 편성 계상編成計上하고는 컴퓨터의 힘을 빌어가며 그 사용에 정확을 기했다.

1969년에서 1970년까지의 전사자를 세계 전역에 걸쳐 20만 명이라고 추산하면 사람 하나를 죽이기 위해 1인당 100만 달러가 들었다는 얘기가 된다.

그런데 이러한 돈이 하늘에서 비처럼 쏟아져 내린 것도 아니고, 땅에서 저절로 솟아 나온 것도 아니다. 개미처럼 일하는 사람들의 피와 땀이 섞인 노력으로써 번 돈 가운데 세금이란 이름으로 모여진 돈이다.

마테를링크의 말이 생각난다.

"인간들은 그들이 지닌 최선의 능력을 다해서 타인의 불행을 마련한다."

그 타인에게 있어선 내가 타인일 것이니, 우리는 마테를링크의 말을 다음과 같이 옮겨놓을 수가 있다.

"사람은 스스로 최선을 다해서 스스로의 불행을 마련한다."

여기서 우리가 주목해야 할 일은 2,040억 달러를 펼쳐놓은 이 방대한 스토리에 악인이 없다는 사실이다.

말하자면 이 엄청난 계획에는 개인적인 악의나 이에 유사한 사악한 의도가 끼어 있지 않다는 것이다.

자동차에 치여 죽은 동물의 시체도 바로 보지 못하는 사람들이 수십만, 수백만의 죽음을 적이라고 하는 추상어로써 눈썹 하나 까딱하지 않고 견디어낸다.

적이란 무엇일까. 어떤 형태로든 적이란 개념만 도입되면 일체의 가치 체계가 근본에서부터 뒤흔들려버린다. 그러나 적이란 것처럼 유동적인 것은 없다. 〈도라 도라 도라〉란 영화의 예고편에는 일본의 진주만 기습 작전을 영화화한 것이란 설명과 더불어 25년 전의 적이 지금 합심하여 이 영화를 만들었다고 선전하고 있었다. 보다도 전쟁이 끝나자마자 어제의 적이 가장 친한 동지가 되어버린 사례를 우리는 무수히 보아왔다.

그렇다면 적이란 것은 기껏 잘못된 인식, 또는 일종의 착각에 지나지 않는 것이 아닌가. 그런데도 분명히 적은 실재한다는 사실, 그리고 2,040억 달러 이상으로 계상할 수는 있어도 1달러도 감할 수가 없게 되어가는 세계의 추세는 엄연한 현실이다. 그러니까 더욱 적에 대한 미움이 가중해지고, 가중된 미움이 적대 상황을 더욱 에스컬레이터하는 역사의 악순환에서 벗어날 길이 없다.

새삼스러운 말이지만 나는 현대를 믿을 수가 없다.

현대라고 할 때 우리는 과거보다 발전했다든가, 또는 진보했다든가 하는 믿음이 있어야 하는 것인데, 복잡화와 다양화 현상 가운데 역사 이래의 대문제는 하나도 풀리지 않았으니 하는 말이다.

뒤스는,

"과학이 인간의 문제를 등한히 하고 있는 사실이 탐구 방법의 부족에 기인했다면 용서할 수도 있다. 그러나 충분한 방법이 있으면서도 그러하다면 이는 도저히 용서할 수가 없다"고 격렬한 어조로써 쓰고 있다. 그런데 용서할 수 없다면 또한 어떻게 한단 말인가.

우리는 경세經世의 서書에 궁하진 않다. 처세의 충언에도 궁하진 않다. 부족한 건 인류의 결심이다. 인류의 결심을 집약시킬 수 있는 수단과 방법이다.

2,040억 달러의 전비戰費를 10년간 누적하면 2조 400억 달러가 된다. 이것을 전비戰費로 쓰지 않고 세계에서 가난과 불행을 몰아내는 기금으로 쓸 수 있다면 이 지구는 태양의 빛을 빌지 않고라도 천체 속에 찬란한 광명이 될 것이다. 이런 생각을 하면 모두가 백일몽이라고 비웃는다. 조소가 현대의 유일한 특징일는지 모른다.

전쟁방지협회戰爭防止協會

'전쟁방지협회'라는 것이 있다. 사무장의 이름은 마이틴 박스이고, 소재는 영국이다. 우리나라에서 이런 모임을 만들었다간 혼쭐이 날 것이고, 그렇지 않더라도 그런 걸 만들어선 안 되며, 만들 사람도 없겠지만……. 하여간 영국이란 나라는 여러 가지로 묘한 나라라는 생각이 든다.

세계에서 제일 가는 보수주의의 나라, 이에 못지않게 급진적인 나라, 자유의 나라이며, 버킹엄 궁전의 그 고색창연한 의식과 비틀스의 광란이 동거하는 상황이 어쩌면 영국의 일면을 상징하고 있는 것인지도 모른다.

각설, 반전 단체라고 해도 다양다종하며 그 색채도 각각 다르다. 퀘이커 교도들처럼 절대적으로 반전을 목적으로 하는 것과 2차 대전 중 중공이 연안沿岸에 만들어놓은 반전동맹 같은 것은 그 성질이 평화와 전쟁이 다른 것처럼 서로 다르다.

연안의 반전동맹은 상대편을 염전厭戰 기분으로 몰아넣음으로 써 이 편의 승리를 꾀하는, 이른바 전쟁을 목적으로 하는 전략적 인 단체다. 그런데 마이틴 박스가 영도하는 전쟁방지협회는 절 대적으로 전쟁을 반대하는 단체다. 퀘이커 교도가 그 단체의 중 심 인물이란 사실을 보아서도 그렇게 단정할 수 있다.

퀘이커 교도는 지금 미국과 영국에서 상당히 두통거리가 되어 있는 모양이다. 집총을 거부하는 태도를 응당 벌해야 하는데 신 앙적 이유란 순수한 동기에 기인한 것이고 보니 엄벌할 수 없다 는 딜레마가 골치 아픈 것이다. 몇 년 전 전쟁방지협회는 또 다 른 결의를 해서 세인을 아연하게 했다.

'용감한 병사에게 훈장을 줄 것이 아니라, 비겁한 병사에게 훈 장을 주라'는 것이었다. 그 이유로서 '싸움터에서 겁을 먹고 뒷 걸음질치는 병사의 심리 태도가 정상적이므로 정상적인 것을 표 창해야 한다'는 논지를 들었다.

그래야만 비겁한 병사가 당당히(?) 속출해서 전쟁이 자연적으 로 없어진다는 논리인가 본데, 돈키호테도 이처럼 타락해버리면 묘미가 없다.

이 협회는 또 다음과 같은 결의를 한 적이 있다.

"직업 군인에겐 딸을 주지 말자."

그러나 다행하게도 시집을 가는 사람은 결의한 사람들이 아니 고 딸들이며, 자유 연애가 보장되어 있는 터라 협회의 갸륵한(?)

뜻은 이루어지지 못했다. 오히려 요즘 젊은 여성은 군인이라고 하면 사족을 못 쓰는 형편이니 이러한 엉뚱한 협회의 결의는 공염불이나 다를 바가 없다.

이렇게 보면 전쟁방지협회라는 것은 '전쟁이 왜 발생하느냐?'는 초보적인 문제의식도 없는 치우적癡愚的인 환자들의 모임이 아닌가 한다. 그러나 치우가 진미眞美에 통할 수가 있고, 그런 치우적인 태도가 진지한 몸부림일 수 있다는 사실만은 인정해야 옳을 것이다.

문제를 따지면 정상적인 심리 상태라는 것이 표창의 대상이 될 수 있는 것일까 하는 점이 남는다.

하도 비정상적인 일이 범람한 가운데 정상적인 것이 오히려 희소가치가 있다는 설이 가능할 수도 있을 것 같다. 그러나 어떤 것이 비범한 것이냐 하면 이견이 있을 수 있다.

유명한 《삼국지》를 보면 제갈공명에게 대해서 사마중달은 끝까지 비겁하게 굴었다. 되도록 싸움을 피하면서 제갈공명의 죽음을 기다린 것이다.

'사공명주생중달死孔明走生仲達'이란 문자는 겁이 많고 비굴하기까지 한 사마중달을 야유한 문자이지만, 기어천하패권期於天下覇權을 잡은 것은 바로 비겁한 사마중달이었던 것이니, 용기와 비겁을 피상적으로 논할 수는 없다.

전쟁방지협회의 의미는 그러니 치우적인 답안일망정 전쟁을 없애는 방법을 모색하는 그 노력만으로써 허용되어야 한다. 그런데 요즘 이 단체가 무엇을 하고 있는지가 궁금하다.

역설逆說, 나의 반전 선언反戰宣言

아무도 전쟁은 좋아하지 않는다

길을 막아 놓고 물었을 경우, 전쟁이 좋다고 말하는 사람은 얼마나 될까. 열이면 열, 백이면 백, 모든 사람이 다 전쟁은 싫다고 할 것이다. 내 생애가 그렇게 길지는 않았지만 전쟁을 긍정하는 사람을 아직은 보지 못했다.

물론 다음과 같은 사실이 있다.

니체는 굶어 죽든지, 병들어 죽든지, 또는 불여의한 사고로서 추잡하게 죽어야 할 천민들에게 전사戰死라고 하는 영광스러운 죽음의 형식을 주었다고 해서 나폴레옹을 찬양했다.

그러나 이러한 니체의 말은 자기 자신의 이해와는 아무런 관계가 없는 전쟁터에 끌려나가 개죽음을 당하는 사람들의 꼴에 분노와 증오를 느낀 나머지 뱉은 패러독스paradox, 逆說로서 받아들여야 할 것이다.

인간은 아무도 전쟁을 좋아하지 않는다. 누구라도 전쟁은 싫어한다. 그럼에도 불구하고 역사 이래 전쟁은 그친 날이 없었고, 지금도 전쟁은 진행 중이며, 앞으로도 그러할 것이 뻔하다. 어찌 된 까닭일까?

존 F. 케네디는 '평화의 전략'이라는 연설 가운데서 '평화는 불

자유의 다리 89

가능하다는 사고방식부터 고쳐야 한다'고 외치며, 다음과 같은 말을 했다.

"…… 나는 우리 자신의 태도를 재검토해야 한다고 생각한다. 개인으로서나 국가로서나 우리의 태도가 평화를 유지하는데, 그들의 태도와 꼭같이 본질적이라고 생각한다. …… 첫째, 우리들은 평화에 대한 우리들의 태도부터 살펴보기로 한다. 우리들 가운데 많은 사람들은 평화란 불가능한 것이라고 생각하고 있다. 또 많은 사람들은 평화를 비현실적이라고 생각하고 있다.

이런 생각이 위험하며 패배주의적인 관념인 것이다. 이런 생각은 전쟁을 불가피한 것으로 보는 방향으로 사람을 이끌고, 인류는 인류 스스로가 어떻게 할 수 없는 힘에 사로잡혀 있다는 결론을 낳는다. 우리들은 이러한 견해를 받아들여선 안 된다. 우리들이 만든 문제는 모든 사람이 만든 문제이며, 사람의 힘으로써 해결할 수 있는 문제이다. ……"

그러나 케네디의 이러한 말은 미사여구로 남게 되었을 뿐이다. 그는 이러한 견식과 강대한 직권을 가지고 있었음에도 불구하고 전쟁의 화를 방지하지 못했다. 어찌된 까닭일까?

전쟁에서 치부하는 인류의 적들

나는 전쟁이 있어야만 이득을 보는, 근소한 수이긴 하나 강력한 일부의 사람들이 있는 까닭이라고 결론을 내리지 않을 수 없다. 전쟁이 있었어도 자기는 죽지 않을뿐더러 그것을 구경하는 안전지대에 있으며, 동시에 그 전쟁을 이용하여 치부할 수도 있고 호화로울 수도 있는 사람이 반드시 존재하는 것이다. 자기 자신이 안전지대에 놓일 수만 있다면 전쟁을 사양하지 않는 경향은 전쟁 영화를 상연하고 있는 극장 앞에 사람이 들끓는 현상을 보면 알 일이다.

인류의 역사에서 전쟁이 끊어지지 않는 가장 큰 원인 중의 하나가 바로 이러한 존재에 있다. 우리는 이런 무리를 인류의 적이라고 볼 수 있다. 그러나 이 적은 너무나 강력해서 과거에는 물론이고, 현재에도 어떻게 할 도리가 없을뿐더러 미래에도 없다. 말하자면 전쟁을 없애기 전에 이러한 적을 없애야 하는데, 그러자면 보다 규모가 크고, 보다 심각한 전쟁을 치루어야 할 상황에 이른다.

전쟁을 방지해야겠다는 반전 데모가 치열한 전투의 양상을 띠지 않을 수 없는 지금, 미국의 정세를 보아 온 우리들은 평화롭게 살자는 의지가 전쟁을 치르는 의지보다 더 강해야 한다는 사실을 알고 당혹할 수밖에 없다.

적이 있는 한 전쟁은 계속된다

요는 적이 있는 한 전쟁이 없을 수 없다는 얘기가 된다. 평화를 위한 무력 행사라는 사실 이상으로 모순된 사실이 또 있을까만, 역사의 실상은 똑바로 그렇게 되어 있는 것이다. 나아가 휴전선이란 인위적인 선으로 적과 대치하고 있는 우리들의 상황으로서는 반전이란 곧 항복이란 뜻과 다름이 없다.

평화에의 의지가 현실적으로 우리에게 아무런 보람을 주지 못할 때, 그리고 그 까닭이 적의 존재에 있다고 생각할 경우, 반전의 의사를 통할 수 없는 반전적 사상이 오히려 호전적인 태도로 바뀔 수 있다는 절박한 상황 의식을 갖는다. 평화적 남북통일이란 주장이 이적적利敵的 언동이라는 규탄을 받을 수 있는 상태 속에서는 반전사상이 곧 위험 사상이란 낙인을 받게 된다.

평화를 즐기고자 하는 평화로운 의사가 전쟁을 하자는 전쟁의 의사보다도 위험한 것으로 될 수 있다는 사실이 또한 어처구니 없는 상황이기는 하지만, 그것이 오늘날 우리의 생, 그 실상이다.

반전 또는 염전厭戰의 사상이 절실한 정서를 띠고 나타난 것 가운데 가장 감동적인 것은 두보杜甫의 〈병차행兵車行〉이란 시다.

그 시 가운데 다음과 같은 구절이 있다.

참으로 아들을 낳는 것은 나쁜 일이고,

도리어 딸을 낳은 편이 좋다는 것을 알았네.

딸을 낳으면 이웃에 시집을 보낼 수도 있지만,

아들을 낳아 봤자 들에 묻혀 잡초와 함께 썩게 된다네.

그대는 보지 못했는가 청해의 근처엔,

예부터 백골이 흩어져 수습할 길이 없다는 것을?

신귀神鬼는 번민하고 구귀舊鬼는 곡을 하여,

흐린 하늘 밑, 비는 내리는데 그 소리는 처량하다네.

아들을 대륙의 벌판, 태평양의 거센 창파 속에 버린 부모들의 원한, 이 나라 방방곡곡에서 피 흘려 쓰러진 아들을 가진 부모들의 슬픔은 천 수백 년 전의 이 시에서 생생한 공감을 느낀다.

그러나 이러한 반전·염전의 사상과 감정은 그 보람을 위한 방법을 갖고 있지 못하다.

모두가 반전주의자들이지만……

절대로 전쟁터에 나가지 못하겠다고 우기는 퀘이커 교도들이 있다.

2차 대전 때 '왕을 위해선 무기를 들 수 없다'고 결의한 옥스퍼드 대학의 반전 연맹이 있었다. 마이틴 박스가 주도하는 '전쟁 방지협회'라는 것도 있다.

그러나 그들의 소리는 DDT 세례를 받은 모기 소리보다도 미미하다.

기껏 그들은 '용감한 병사에게 훈장을 줄 것이 아니라 비겁한 병사에게 훈장을 주자'느니, '직업 군인에겐 딸을 주지 말자'느니, 하는 따위의 제의밖엔 하지 못한다. '전쟁방지협회'의 이러한 제의를 난센스라고 웃어 치우기는 쉬운 일이지만, 막상 전쟁을 방지하려는 실천 운동에 나서면 이따위 난센스에 불과한 일밖엔 할 수 없는 것이 오늘날의 실태이다.

반전·염전의 사상은 평복을 입은 시민들만 가지고 있는 것은 아니다. 장군들도 이에 못지않은 염전 사상을 가지고 있다. 그 예 가운데 하나가 다음과 같은 브랜들리 장군의 추도사이다.

"…… 지금 여기 잠들고 있는 영들은 이 풍경 좋은 곳, 저 정 자나무 밑에 80~90세까지 살면서 손자와 더불어 인생을 즐길 수 있는 사람들이었다. 거창하고 화려한 꿈을 실현시켜 인생을 보람되게 할 수 있는 사람들이었다. 그런데 그들은 그 모든 가능을 단절당한 채 지금 여기에 잠들고 있는 것이다. 만일 그들이 무덤에서 일어나 살아 있는 우리들을 보고 왜 자기들을 이처럼 비참하게 죽게 했느냐고 책망하면 내겐 대답할 말이 없다. 우리는 노력만 했으면, 보다 신중하게 사태를 다루었으면 전쟁을 하지 않고 그들을 죽지 않게 할 수도 있었던 것이다. 그런데 그러지 못하고 우리는 그들을 죽게 만들어 범인 또는 공모자가 되고 말았다. ……"

나는 군인의 입을 통해서 나온 말 가운데 이처럼 절실한 반전적 내용의 말을 들은 적은 없다. 그러나 이 절실한 말들도 말로서 끝났다. 전쟁은 지금도 진행되고 있으며, 바로 그 전쟁은 그렇게 말한 장군의 부하들에 의해서 진행되고 있는 것이다. 이것은 또 어찌된 까닭일까?

전쟁은 졸렬한 수단 방법이다

어떤 명분이 있어도 전쟁은 졸렬한 수단이란 평을 면할 길은 없다. 이상적인 정치는 전쟁을 하지 않고 국토를 방위하며, 전쟁을 하지 않고 적을 굴복시켜 국민의 생명을 보전하는 정치를 말한다면 전쟁을 있게 한 정치는 가장 졸렬한 정치라고 말할 수 있는 것이다.

의학이 발달해서 심장 이식이 성공하여 그로 인해 생명을 연장시킬 수 있다고 인류는 갈채를 보내고 있다. 그러면서도 한편에는 인류를 가장 짧은 동안에 가장 많이 죽일 수 있는 무기의 발명에 여념이 없다. 말하자면 인명을 구하는 데는 소매적 방법밖에는 생각할 수 없는데, 인명을 죽이는 데는 도매적 방법이 속속 실현되고 있는 것이다. 이것을 나는 왜곡된 역사가 지닌 병리라고 생각한다. 이런 병리의 근원을 단절하지 못하는 한 전쟁이 없어지진 않는다.

정치에는 또 마지못해 전쟁 상태로 몰려 들어가는 경우가 있는 반면, 국가 내부의 모순을 은폐하기 위해 전쟁을 조작하는 수가 있고, 만골萬骨을 썩혀 일장一場의 공을 만들기 위해 전쟁을 조립하는 경우도 없지 않다. 인류의 운명을 걸고 불장난을 하는 것이다.

전쟁은 원죄에 대한 형벌인가

나는 사마천의 《사기》, 헤로도토스의 《역사》를 읽고 지배자의 자의恣意 때문에 희생된 백성들의 군상을 보고 그와 같은 상태가 오늘날 어느 정도로 개선되었을까 하는 생각을 해보았다.

놀랍게도 나는 본질적인 부분엔 하나도 발전과 개선이 없는 것을 알았다. 나는 나의 발견이 토인비의 통찰과 통해 있음을 보고 놀랐다.

"가령, 우리들이 우리들의 역사적 지평선을 호모 사피엔스가 최초로 출현한 시기까지 후퇴해본들 역사 시대는 이 지구상에 있어서의 생명 전개의 척도로 보아 극히 짧은 시간에 불과하다. 현재처럼 고도의 지력과 전문적 기술을 가지고 있는 서구인도 아담의 원죄에서 탈피하고 있는 것은 아니다!"

그러니까 전쟁을 원죄에 대한 형벌로서 이해하는 편이 수월하다는 이해가 되며, 원죄를 탈피하지 못하는 한 전쟁을 없앨 수 없다는 얘기도 된다.

전쟁으로 인류는 막다른 골목에 도달

인류는 지금 막다른 골목에 다다르고 있다고도 생각할 수 있다. 지금 세계를 지탱하고 있는 힘은 강대한 살육력을 가지고 있으면서 그 무기를 사용하지 않는다는 조그마한 신중성에 매달려 있다. 그것은 흡사 도끼로 찍어 없앨 수도 있는데 나이프를 사용하고 있는 양상과 같다.

그러니 우리는 언제 그 신중성이 무너질지 알 수 없는 판국에 처해 있다. 사태는 3차 대전이 일어나선 안 된다는 마음과 꼭같은 비례로 3차 대전의 경사傾斜 위에 있는 것이다.

다시 토인비의 말을 빈다.

"…… 인류가 3차 대전을 회피하지 못할 경우를 생각해보자. 전 지구 상의 인류는 사멸하고, 혹시 아프리카의 어떤 계곡에 사는 원시인 얼마가 살아 남아 그것이 다시 인류의 시조가 될는지도 모른다. 그런데 이것 역시 지나친 낙관론일지도 모른다. 전 인류는 완전히 말살되고 지구는 곤충의 세계가 될 것이다. 그때 곤충들이 기록할 수 있는 기술을 가진다면 아마 다음과 같이 쓸 것이다.

'한때 이 지구상엔 인류라고 하는 동물이 잠깐 동안 살고 있었는데 공연히 떠들썩하기만 하다가 순식간에 전멸해버렸다.'"

병역 의무는 50세부터

곤충들에 의해서 이와 같이 치사스런 평을 받지 않기 위해서는 전쟁을 회피해야 하는데, 나는 다음과 같은 제안을 한다.

병역의 의무는 50세부터 가진다. 노쇠자나 병자도 예외일 수 없다. 어떤 벼슬을 하고 있어도 전쟁이 나면 그 벼슬을 50세 미만의 사람에게 이양하고 전쟁터로 나아가야 한다.

이와 같은 내용을 세계 공통법으로 제정하는 이야기다. 그렇게 되면 아마 세계에서 전쟁이 없어질 것이다. 설혹 전쟁이 있다손 치더라도 인생 50을 살았으니 죽을 각오도 되어 있음 직하고, 아직 인생을 살아보지 못한 젊은이를 전쟁터로 보내는 것보다 훨씬 윤리적이 아닌가.

난센스라고 하지 말라. 이 이상 적절한 전쟁 방지책은 다시 없다. 스튜던트 파워를 비롯한 전 세계 청소년의 힘을 결집하면 이런 입법을 가능하게 하고도 남는다.

그래서 나는 다음과 같이 외친다.

"전 세계의 청소년이여 단결하라!"

불행에 물든 세월

불행에 물든 세월

한국인이란

졸업기를 앞둔 어떤 학생에게 물었다.

"희망이 있느냐?"

그 학생은 멍청하게 나를 바라보았다. 내 물음의 진의를 포착할 수 없다는 그런 표정이었다. 희망이 뭐냐고 물을 것을 잘못 말한 것이 아닌가 하는 의혹도 섞였던 것 같았다.

나는 그저 잠자코 있었다. 고쳐 물을 만한 핵심도 없는 원래 막연한 질문이었던 것이다. 학생은 그런 나의 기분을 알아차린 모양으로

"있지요."

하고 답했다. 그리고는 덧붙였다.

"군대에 갈 희망이 있지요."

"군대에 갈 희망……?"

나는 입속에서 이렇게 중얼거리며 서양사를 전공했다는 그 학생의 옆얼굴을 봤다. 그 옆얼굴을 통해서 의무라고 할 말을 희망이란 말로 바꿔놓은 데 대한 그 나름대로의 절실함이 있다는 것을 알았다. 나는 군인이 되었을 때의 그의 모습을 일순 상상해봤다. 그리고 그의 서양사적 교양의 바탕 위에 한국의 이미지가 어떻게 그려져 있을까 하는 데 관한 호기심이 일었다. 그런 뜻을 말해 보았더니 그는 얼굴을 우울하게 찌푸리면서 말했다.

"처칠이 한국에 태어났더라면 어떻게 되었을까 하고 간혹 생각해본 적이 있습니다."

"어떻게 되었겠어?

"아마 조병옥 씨 정도도 되지 못하고 말지 않았을까요?"

나는 정말 뜻밖인 그 학생의 답을 듣고 놀랐다. 한갓 하잘것없는 공상이라고 생각해버리면 그만이겠지만, 한국이라는 풍토에 대한 젊은 사람의 인식이 정말 그렇게 되어 있다면 슬픈 일이 아닐 수 없다.

이런 얘기가 계기가 되어 한동안 활발한 대화가 오갔다. 그 대화를 통해 나 자신 계발당한 점이 많았지만, 총체적으로 우울한 계발이었다. '강남의 귤을 강북에 심으면 탱자가 된다'는《회남자淮南子》의 문구가 얼핏 떠오르기도 해서 나는 그 학생이 돌아간 뒤 한국인이란 과연 뭣일까 하는 생각을 해보았다.

"한국인이란 뭣일까?"

오래전에 신문에서 읽은 기사와 사진이 염두에 떠올랐다.

월남 전선에서 베트콩 6명을 사살하고, 1명을 생포하는 등의 전공을 세워 훈장을 받고, 사령관이 손수 축배를 먹여주기까지 한 어느 용사가 천안 역전에서 구두닦이를 하고 있다는 기사였고, 그 사진이었다.

월남에서 베트콩을 죽이고 돌아와서는 남의 구두를 닦는다. 출장입상出將入相을 기형화한 정도를 넘어서, 씁쓸한 한국인의 군상이 모여드는 느낌이었다. 눈도 코도 분명치 않은 회색의 대중으로서의 한국인이…….

20층, 30층 빌딩이 비 온 뒤에 죽순이 나듯 지금 한창 솟아오르고 있다. 캘리포니아의 금광에서 파온 돈으로써도 아니고, 아프리카에서 다이아몬드를 주워다 판 돈으로도 아니고, 한국은행에서 찍어낸 지폐가 돌고 돌다가 바로 그곳에 그 빌딩의 부피와 높이만큼씩 쌓인 것이다. 이렇듯 걷잡을 수 없는 속도로 이 많은 지폐가 어떤 마력으로써 그처럼 감쪽같이 한곳에 붙들어 쌓았을까를 추궁해 들어가면 거기에는 현대의 영웅들이 나타난다. 회색의 대중을 안개처럼 둘레에 모으고 윤곽 선명한 영웅으로서의 한국인이다.

월수 몇십만 원 정도의 관리들이 시가 수억 원의 대궐을 지었다고 한다. 그 수효가 수백을 넘는다니 번영의 표징이랄 수도 있다. 그러나 수입원을 좌변左邊에 두고 대궐을 우변에다 두고는 어떤 수식數式으로 연결하려 해도 등식等式이 성립되질 않는 초고

등 수학의 난제이다. 이와 같이 석학 하이젠베르크 교수를 데려와도 풀 수 없는 아포리아^{問問}를 현실적으로 가능하게 한 데에는 현대의 귀재^{鬼才}들을 상정^{想定}하지 않을 수 없다. 이 귀재들도 곧 한국인이다.

나는 비로소 '처칠이 한국에 태어났으면 조병옥 씨 정도도 못 되고 말았을 것'이란 대학생의 가설을 이해할 수 있었다.

무엇을 무서워해야 하는가

"러시아인은 누구를 무서워하는가?"

"미국인을 무서워하지."

"미국인은 누굴 무서워하는가?"

"러시아인이지."

"프랑스인은 누굴 무서워하지?"

"작년까진 드골을 무서워했단다."

"그럼 독일인은 누굴 무서워해야 되지?"

"독일인은 아무도 무서워할 필요가 없다. 우리들 자신을 무서워할 뿐이다."

이것은 서독의 어떤 카바레에서 있었다는 대화 만담의 한 토막이다.

《뉴욕 타임스》는 이 만담을 논평하면서 최근에 있어서의 독일인의 자신과 자부의 정도를 표명한 것인 동시에 자기들에게 대

불행에 물든 세월 103

한 세계의 불신을 자각한 것이라고 했다.

종래 독일의 역사를 보면 어느 나라보다도 발전의 속도가 빨랐고, 그렇기 때문에, 자부와 자신이 지나쳤기 때문에 겨우 반세기 동안에 두 번씩이나 인류에 대한 대범행을 저질렀고, 그로 인해서 패망과 비참의 극을 맛보게 된 것이다.

문호 괴테는 자기 나라의 국민에 대해서 다음과 같이 술회한 적이 있었다.

"우리 독일 사람은 한 사람을 단위로 해서는 모두 천재이며 비범한데, 집단 또는 조직을 하기만 하면 터무니없는 바보들처럼 행동한다."

나는 이것을 그야말로 천재적인 통찰이라고 감탄한다. 독일 사람은 한 사람씩으로 보면 베토벤의 후배, 또는 칸트의 후배인데, 이들이 모이기만 하면 히틀러 유겐트가 되고 아우슈비츠의 하수인이 되는 것이니 말이다.

그런데 독일 사람들은 실정失政한 지도자에 대해서는 또한 가혹하다. 비스마르크는 자타가 공인하는 철인鐵人 정치가였다. 프러시아로 하여금 근세사에 있어서 눈부신 각광을 받을 만한 나라를 만들어낸 독일의 공로자이기도 하다. 그러나 독일 사람들은 그 죄를 따져 그의 공을 인정하지 않았다.

비스마르크를 역적시하고 있다가 그의 사후 70년쯤이 되어서야 역적으로서의 누명은 가혹하니 고쳐 생각하자는 움직임이 태동했다는 것이다. 이에 비하면 우리 민족은 훨씬 관대하다. 잘

잊어버린다는 뜻으로의 건망이 아니라 건강한 망각을 할 줄 아는 지혜를 가졌다.

그런데 비스마르크에 대해 그처럼 가혹한 비판심을 가지고 있는 독일인이 비스마르크의 악한 면을 몇 십 배로 확대해서 소유하고 있는 듯한 히틀러에게 정권을 맡겼다는 데 독일 민족성의 초논리성이 있다. 서독은 지금 핵무기까지 가지려고 광분하고 있는 중이라고 한다. 엉큼한 그들은 혹시 이미 핵무기를 가지고 있을지도 모를 일이다.

하여간 서독의 성장은 그 속도가 빠른만큼 위험한 인자를 내포하고 있다고 보아야겠다. 하지만 소수파 정당의 연합 정부로서 오늘의 안정을 이루고 있는 그 정치적 견식과 기술에는 무조건 머리를 숙여도 무방하다. 3분의 2 이상의 의석을 가진 여당으로서도 정상적으로 국회를 운영하지 못하는 정정政情에서 살아온 우리의 입장에서 보면 신화를 듣는 느낌이다.

독일은 자기 자신 외에는 무서워할 아무것도 없다고 했다. 그러면 그 만담식으로 해서 우리는 누굴 가장 무서워해야 할까? 중공이냐? 소련이냐? 일본이냐? 생각하면 무서운 것 투성이다. 그러나 냉정히 따지고 보면 우리도 역시 우리 자신을 가장 무서워해야 할 마당에 서 있다.

무서운 건 우리의 사대사상, 우리의 나태심, 우리의 안이한 사고방식, 우리의 약삭빠른 권모술수력, 봉급생활을 하는 공무원이 고층 대루를 짓는 기술, 발로써 짓밟고 입으로 외치는 우리의 민주주의 …… 헤아리면 한량이 없다.

청산해야 할 우리의 고식성姑息性

뉴욕의 거리를 걸으면서 생각한 일이다. 사람이 붐비고 자동차가 붐비고 형형색색의 간판이 붐비고 있어도 거리는 활달했다. 동서남북으로 널찍널찍한 길이 사통팔달하고 있어 어떤 혼잡이라도 구김살 없이 풀어지고 만다. 러시아워에 걸려 택시의 미터가 올라가는 것을 안타깝게 느끼면서도 서울에서의 같은 경우처럼 답답하진 않았다.

나는 그 도시가 아득히 200년 전에 설계된 사실을 알고 있다. 200년 전의 규모 그대로 번창 일로를 치달은 것이다. 바꿔 말하면 미국인들은 200년 전에 수백 년을 내다보고 도시를 설계했다는 이야기가 된다. 200년 전에 설계한 도시임에도 불구하고 오늘의 러시아워를 소화할 수 있다는 것과, 당시엔 자동차가 없었으면서도 후일 붐빌 자동차를 감당할 수 있도록 만들어졌다는 사실이 그저 놀랍기만 하다. 미국을 개척한 선인先人들의 견식은 실로 대단한 것이다.

오늘의 미국은 결코 그 풍요한 자연환경에만 원인이 있는 것이 아니다. 브라질이나 아르헨티나도 역시 풍요한 자연환경을 가지고 있지만, 아직도 후진국을 면하지 못하고 있다.

이런 말이 있다.

"만일 청교도를 실은 메이플라워 호號가 메인에 도착하지 않고 산투스 항港에 도착하였더라면 오늘날 미국이 세계 속에 차지하고 있는 지위를 브라질이 차지하게 되었을 것이다."

말하자면 미국이 오늘날과 같은 번영을 이룩한 것은 개척민의 지혜와 노력에 그 원인이 있다고 해야 옳다.

더욱이 놀라운 것은 세계 각지에서 몰려든 잡다한 인종, 잡다한 사상을 하나의 제도로서 정제整齊한 점이다. 세 사람이 모이면 두 개의 당파가 생긴다는 정치적 근성을 가진 사람들을 하나의 제도 속에 묶어놓기란 그리 쉬운 일이 아니다. 그랬기 때문에 남북 전쟁을 비롯한 각종의 내전, 갖가지 내분을 겪어야 했었지만, 그 위기를 극복한 지혜에 있어서 역시 월등한 능력을 보였다.

나는 미국의 보수주의가 결코 단순한 기질의 집합이 아니고 프론티어를 성공적으로 개척해나간 그들의 성과를 증거로써 다짐한 신념의 소산이라고 본다. 황무荒蕪한 돌덩어리 위에 마천루의 도시를 만들고, 미시간 호반의 황폐한 원야原野에 시카고와 같은 웅장한 거리를 만든 그들은 자기들의 사고방식과 생활 경험에 절대적인 자신을 갖게 되었다. 그것이 바로 미국의 보수주의다.

이와 같은 사례를 거울로 비추어볼 때 나는 우울에 빠진다. 6·25의 비참만 겪고 그 성과는 불모였다는 사실은 결국 우리의 슬기가 부족한 탓이다.

200년 전 미국의 선인들이 영년永年에 걸친 도시 계획을 하고 있을 때 우리의 선인들은 당파 싸움에 영일寧日이 없었다. 비가 와서 길이 진흙의 벌판이 되었을 때 우리가 생각해낸 것은 기껏 나막신이었다. 그들은 도로 자체를 포장하고 있을 때, 우리는 나막신을 신고 10리 길을 하루 걸려 걸었다. 모기가 귀찮으면 그들은 모기를 몰살할 수 있는 DDT를 연구했다. 그런데 우리네 조상은 모닥불을 피웠고 기껏 모기장을 고안해냈을 뿐이다. 미국이 진취의 표본이었다고 하면 우리는 고식의 표본이었다. 자연, 사상이나 사고방식이 고식적으로 되지 않을 수 없었다.

제트기를 타고 태평양을 횡단할 때 나는 가끔 같이 타고 있는 미국인들에게 무엇인가 미안함을 느낀다. 그들이 제트기를 타는 건 그들 자신의 노력의 결과로 타고 있는 것이지만, 고식한 나라의 주민인 나는 아무런 노고도 없이 그저 몇 푼의 돈을 낸 것만으로 그들의 이기에 편승하고 있는 것이란 일종의 콤플렉스의 작용일는지도 모른다.

오늘날 미국인을 비롯한 서양인 앞에서는 일종의 열등의식을 느끼지 않을 수 없는 까닭도 당연한 일이라고 생각한다. 요컨대 우리는 어디까지나 겸손하게 그들의 사고방식을 배워야 할 줄 믿는다. 그리고 그들의 반성이 얼마나 엄격한가도 배워야겠다.

오늘날 미국인들은 프랭클린의 독립 선언 당시, '200년 후 자기의 후손들이 어떻게 사는가를 보러왔으면 한다'는 말을 인용하면서, 그들은 건국의 선배들을 오늘의 미국의 상황이 실망시킬 것이라며 갖가지의 결점을 스스로 들추어내고 있는 것이다.

미국이 그러한 반성을 할 때 과연 우리는 어떠한 반성을 해야 할 것인가. 그저 답답하기만 할 뿐이다.

일어 세대日語世代의 입장

언어는 생활의 수단이기도 하고, 학문의 도구이기도 하다. 어떤 외국어라도 그것을 마스터하면 새로운 하나의 세계를 가지는 것으로도 된다. 그런 뜻에서 일본어를 가르치건, 에스키모어를 가르치건, 교육의 내용과 효과가 문제인 것이지, 가르친다는 조처措處 자체가 문제일 까닭은 없다. 현실이라고 하는, 필요라고 하는 싸늘한 현상現象을 앞에 놓고 각자가 자기의 의지에 따라 선택할 일이긴 하되, 일반론은 용납되지 않는다. 일본어를 제2 외국어로 하라는 건 이러한 선택의 가능을 시사한다.

그러나 초등학교에서부터 시작해서 대학을 졸업할 때까지 일본어를 기본 채널로 해서 교양과 학문의 터전을 만든 세대에 속한 사람에게는 선행先行한 세대, 후속하는 세대가 이해할 수 없는 비애가 있다.

그 비애에 물든 가슴과 눈으로 27년의 단절이 있은 뒤 교육의 마당에 공식적으로 재등장하는 일본어를 대할 때 형언하기 어려운 감성이 괼 수밖에 없었다.

아버지와 어머니가 모르는 말을 어린아이가 배우게 되었을 때, 그 어린아이는 그것을 자랑스럽게 생각했을까. 아니면 자기의 말과 글도 채 익히지도 못하면서 남의 말과 글을 배우지 않으면 안 될 사정을 슬프게 여겼을까. 내겐 아무런 기억도 없다. 지금 상상할 수 있는 건 장마당에 끌려나간 망아지처럼 호기好奇의 눈만을 크게 뜬 채, 상황 속에 순치馴致되어간 것이 아닌가 한다.

내가 우리말과 일본어에 대한 의식을 갖게 된 것은 중학 2년을 마지막으로 '조선어'란 학과가 교과 과정에서 사라졌을 때였다. 당시 어떤 내용의, 어느 정도의 반발을 느꼈는지는 역시 기억할 수가 없다. 다만, 조선 문학 전집을 애써 사들여 열심히 읽고 있던 어느 선배의 모습을 외경의 눈으로 지켜본 추억은 있다.

그런 탓으로 돌릴 순 없으나, 일본어 이외의 외국어에 친숙해 보려고 애쓰게 된 것도 그 무렵부터의 일이었다.

그러나 영어와 불어를 일본어 실력과 맞먹는 정도로 가꾸기란 애당초 가망이 없는 노릇이었다. 불교의 표현을 빌면 학문에 관한 한 일본어가 내게는 거의 절대적인 '승乘'이 되어버렸다.

이러한 상태 속에서의 자기 인식이 동세대 학생들에게 일종의 콤플렉스로 작용했다는 증거는, 일본이 이른바 태평양 전쟁을 시작하기 전까지 각 대학에서 발행된 《한국학우회지韓國學友會誌》가 거의 우리말로 엮어졌다는 사실이다.

하지만 이건 저항이라고까지도 할 수 없는 노릇이었다. 장혁주張赫宙 등 일본어로서 작품 활동하는 사람들을 경멸하면서도 대부분의 경우 우리 스스로 일본어로 생각하고 쓰고 했었기 때문이었다.

사랑할 수도, 미워할 수도, 존경할 수도, 천시할 수도, 그렇다고 절연할 수도 없는 이방의 말을 국어라고 해야 하는 상황에서, 그 말로써 형성된 사람의 의식 내용이 어찌 이지러지지 않을 수 있겠는가.

나는 해방을 맞고서야 그 사실을 뼈저리게 느꼈다. 정치에서처럼 학문과 의식에선 일본어로부터의 해방이 결코 쉬운 일이 아니었다.

드디어 우리의 세대는 일본어를 모르는 부조父祖의 세대와 역시 일본어를 모르며 의식 형성을 해 나가는 다음 세대와의 단절을 느꼈다. 선세대, 후세대 모두 해방 이후의 사태에 구김살 없이 대처해나가는데 우리는 그러지를 못했다. 이것이 시대의 주인으로서의 역할에 적잖은 과오로 누적되어가는 느낌이 짙다. 오늘날 27세의 청년만큼 우리의 민주주의를 키우지 못한 것이 바로 그 결과이다.

보다도 나의 비애는 간디가 네루가 영국에서 영어를 배운 것처럼 일본어를 배우지 못한 회한悔恨, 중국의 노신魯迅이 일본을 배운 것처럼 일본을 배우지 못한 회한에서 비롯된다. 철저한 정신이 일본어를 도구로 활용할 줄 알았더라면 일본이 세계 수준의 문화 국가가 되어 있다고 볼 때 우리나라도 그와 비등한 수준에까지 끌어올릴 수 있었을 것이 아닌가.

이러한 회한으로 볼 때 제2 외국어로서 일본어의 등장은 착잡한 문제로서 나타날 수밖에 없었다. 원컨대 학술용과 사업용에

알맞도록 일본어의 활용이 그 절도節度를 지켜주었으면 좋겠다. 일본어를 배워야겠다는 것은 필요가 낳는 겸허의 탓이다. 그러나 일본인 이상으로 잘하는 일본말이 되지 않도록, 아첨하기 위한 일본어가 되지 않도록 배우는 사람의 마음가짐이 되어 있어야 할 줄 믿는다.

자녀는 꼭 외인 학교에

지금 한국에 있는 외국인 학교 속의 한국인 자녀의 수는 미국계, 화교계華僑系를 합쳐 약 400명을 헤아린다고 밝혀졌다. 국내에 살면서 자기 나라의 학교를 외면하고 남의 나라의 학교에 다니는 학생의 수가 400명이나 된다는 것은 충격적인 이야기가 아닐 수 없다. 그만큼 반응도 즉각적이었다. '얄미운 식민지 인종人種의 근성'이라고 뱉듯이 말하는 사람이 있는가 하면, '희소가치를 우월인 양 오인하는 겉똑똑이들이 함직한 일'이라고 시니컬하게 웃는 사람도 있었다.

"일제 시대엔 기어코 일인 전용의 학교에 자녀를 넣어야만 직성이 풀리는 그런 사람들이 있어 친일親日도 그만한 정도면 철저해서 좋다고 생각했는데, 미국계나 화교계 학교에 자녀를 보내는 사람의 의식을 캐보면 그 바닥에, 빨리 우리나라가 미국이나 중국의 속국屬國이 되었으면, 하는 소원이 깔려 있을 것이다." 하는 극론조차 나타났다.

그러나 이 400명은 현재 각급 학교에 취학하고 있는 학생 수 800만 명에 대해선 2만분의 1이란 비율이다. 2만분의 1이면 심각한 사회 현상이라고 할 수도 없고, 특히 사회 문제로서 문제 삼을 것까진 없다.

국민 생활의 다양성을 위해 이만한 숫자의 이단異端은 그것이 설혹 병적 현상이라고 하더라도 오히려 필요할는지 모른다. 본국에 앉아 외국 유학을 모방한 이들 학생 가운데서 정상적인 교육 경로를 통해서는 찾아볼 수 없는 이색적인 개성이 혹시 나타날 수 있을지도 모르고, 그 이색적인 개성이 국민 생활의 어느 영역에선 독특한 자극 작용을 할지 모른다는 예상이 가능하기 때문이다.

사실, 다채로운 국민 생활을 엮노라면 무당도 있음직하고, 희극 배우도 있어야 하고, 승려도 필요한 것이며, 이야깃거리로서 '소매치기'의 존재까지도 용인해야 할 경우도 있다. 필요악이란 말과 그러한 현상도 있다고 볼 때 본국에 앉아 외국계 학교에 자녀를 보내는 왜곡 현상이 국민 교육의 정상을 위한 교육적 영양이 될 수도 있는 역설적인 효과일 수도 있다.

그럴수록 문제는 남는다. 하나는 비정상적인 일을 벌일 때에 수반하는 번거로운 교섭과 절차를 무릅쓰고까지 자녀를 외국계 학교에 넣은 학부모들의 심상 풍경心象風景, 바꾸어 말해서 그 의식 구조이다.

첫째, 그들의 우월주의를 들 수가 있다. 어떤 일이 있어도 그들의 자녀는 다른 자녀들보다도 우월한 위치를 차지하는 사람이 되어야겠는데, 그러자면 남들과는 다른 특수한 교육을 시켜야겠다는 발상이 그들로 하여금 외국계 학교를 택하게 했다고 볼 수가 있다.

둘째, 그들의 공리주의적 타산을 들 수가 있다. 한국인으로서 한국 내에 살고 있으니 한국인으로서의 교육은 가정에서 또는 자연 형성적으로 할 수가 있다. 그러니 학교는 외국계를 택해 외국어 하나만이라도 완전하게 습득케 해놓으면 그 점만으로도 타에 우월하는 출중한 사람으로 만들 수 있다는 타산이 그런 결과를 만들었을 것이라고 추측할 수가 있다.

셋째, 한국과 한민족에 대한 자조 의식을 지적할 수가 있다.

뭐든 한국의 것이면 틀려먹었다는 자조적 의식이 한국에서의 생활을 부정하는 나머지 보다 나은 나라에의 동경에 겨워 그 꿈의 실현을 후대에 위탁하려는 노릇이다.

이 모두 자녀를 사랑하는 그들 나름으로의 표현이라고 볼 때 타자他者가 개입할 성질의 문제는 아니지만, 현재의 수 400명은 국민 생활의 다양성을 위해서 용납할 수가 있다고 해도 지원 상황은 5대 1이란 것이니, 그것의 5배의 5배가 될 수 있는 상황으로 전염될 수 있는 경향은 중대한 사회 문제로서 다루지 않을 수가 없다.

우리나라의 교육 기관이 아무리 미비하다고 해도, 외국계 학교에 보냈으면 우월할 수 있는 아동을 우리 학교에 보냈기 때문에 우월할 수 없게 만들 정도로 형편없다고는 도저히 생각할 수 없다. 곡예사적인 우월은 몰라도 인간으로서의 우월은 동포와의 인간적, 우정적 유대를 전제로 한 우월이어야 한다. 초·중·고등학교에서의 교육은 지식의 습득에 앞서 공통적인 민족적 유대감을 경험하는 장소와 시간으로서 중요한 것이다. 외국계 학교에 자녀를 보내 우월을 꾀한다는 것은 민주 사회의 본질을 망각하고, 민족의 유대 의식을 부인한 곡예사적인 우월을 노리는 꼴이라고 아니할 수 없다.

외국어의 습득에 주안主眼을 둔 것이라면 더욱 어리석다. 외국어의 능력이 빛이 될 수 있는 것은 우리의 경우로 봐선 훌륭한 한국인으로서 자질을 갖추고 있을 때다. 졸렬한 한국인이 외국어에 능통한 것은 외국인의 피고용인被雇傭人으로서도 말단의 자리밖엔 차지하지 못한다.

외국계 학교에서 외국어를 습득하고 훌륭한 한국인으로서 통할 수 있는 자질을 가질 수 있는 사람이라면 초·중·고등학교를 우리 학교에서 겪어도 충분히 목적을 달성할 수 있다. 바꾸어 말하면 우리 학교에서 외국어를 습득할 수 없는 재질과 근면함이 결해 있는 학생이면 외국계 가서 겨우 외국어를 습득할 수 있을지 모르나, 한국인으로서의 교양 부족으로 떳떳한 인간으로서 행세할 수 없을 것이 뻔하다.

외국어를 통해 외국인 사회에서 우월하자면 외국인이 갖지 않은 한국인 특유의 교양과 품질稟質이 있어야 하고, 만일 이러한 능력이 없을 땐 평생 이류의 신세를 면하지 못하는 기생적寄生的 존재가 될 수밖에 없다.

극언極言하면 외국어 습득을 목적으로 민족의 광장에서 스스로를 소외하는 공리적功利的 태도는 그 지나친 공리성 때문에 복수를 당하는 화를 자초하게 마련이다.

혹시 코스모폴리탄世界化을 지향한다든가, 보다 나은 나라의 시민이 되길 소원하는 꿈의 준비로서 외국계 학교를 택할 경우도 있겠지만, 민족과 인종의 특색을 지니지 못하면 코스모폴리탄의 무대에서는 배역을 맡을 수가 없다. 회색 엑스트라가 고작인 것이다.

민족의 양심, 식민지족의 근성 등을 따지고 들면 이 문제는 달리 전개시킬 수도 있으나, 공리적·실질적인 이유만 가지고서도 외국계 학교에 자녀를 보내는 것이 얼마나 우열愚劣한 노릇인가를 증명할 수가 있다.

차분히 뿌리를 대지에 박고 정정하게 성장해선 꽃을 피우고 알찬 열매를 맺도록 자녀들을 가꿀 일이다. 동족 가운데서 우월하지 못하면 세계 어느 곳, 어떤 영역에서도 우월할 수가 없다.

자기 자녀를 애써 데라시네뿌리 없는 나무로 만들려는 그 마음가짐을 나는 도저히 이해할 수가 없다. 데라시네가 아무리 우월해도 화병의 꽃이다. 그보다도 외국계 학교에 자녀를 입학시킬 때 학부모들이 외국인 교사에게 어떤 말을 지껄일는지 그 말의 내용과 표정을 상상하면 얼굴이 붉어진다. 자조自嘲를 바탕으로 이루어진 조국에의 인식, 그 인식을 바탕으로 한 허영의 동작, 타기唾棄해야 마땅하다.

일본의 청년들

일본 어느 대학의 농구 선수들과 저녁 식사를 같이 한 적이 있었다. 공식석상이어서 많은 얘기를 주고받을 순 없었지만 충격에 가까운 감회를 얻었다. 농구 선수들이니까 신장이 평균인보다 크고 몸매가 날씬한 건 당연한 일이라고 치더라도 20여 명의 청년들이 한결같이 해맑고 청결한 피부와 맑은 눈동자를 지닌 덴 놀랐다. 구김살이 없다는 우리나라의 표현이 있지만, 과부족過不足없이 그 표현이 꼭 어울리는 그 청년들과 우리나라의 청년들을 비교해보지 않을 수 없었던 것이다. 일반론은 되도록 경계해야겠지만, 우리나라 청년 일반에게서 얻는 인상은 침울하다. 총체적으로 청결하고 활달하다는 느낌이 덜하다. 일본의 청년들과 비교하면 더욱 그런 느낌이 든다.

나는 한 세대 전 일본인 학생 사이에 섞여 생활한 기억을 더듬어보았다. 그 당시 우리 청년의 평균 신장이 일본 청년의 신장보다 컸다는 것은 누구나 다 시인한 일이었고, 예속된 민족으로서의 고민이 있었음에도 불구하고 우리들이 그들보다 청랑晴朗하고 활달했다. 대학 생활 중반기를 넘어서면 일본인 학생 대부분은 침울한 표정을 지울 수 없는 그런 상황에 몰려든 것 같았다.

그러던 것이 2차 대전 후 4반세기를 지내놓고 보니 오늘 내가 보는 것과 같은 결과가 빚어지고 말았다.

언젠가 일본에서 나는 일본 학생들이 데모하는 것을 보았다. 데모는 치열했다. 그것을 막는 경찰의 태도도 악랄했다. 상당수의 사상자가 나기도 했다.

그러나 그 데모에서 내가 느낀 기분엔 일종 유희적인 것, 청년의 활달한 정열 같은 것이 있었다. 그런데 우리 학생의 데모는 그 치열도에 있어서 그들보다 훨씬 덜한 것이었지만 느껴지는 인상은 음참陰慘했다. 활달한 정열의 소작所作이라기보다 절박한 감정의 폭발이라고 보는 것이 좋을 듯한 그런 것이었다.

뭔지 까닭이 있어야 할 일이다.

혹자는 일본의 번영이 그런 양으로 청년에게 반영된 것이라고 해석할 것이고, 또 어느 사람은 오늘의 일본인이 향유할 수 있는 자유의 질과 폭이 확대되고 심화된 때문이라고 풀이할 것이고, 이에 전후 일본인의 식생활 변화를 원인의 하나로서 첨가할지도 모른다.

모두 타당한 의견이라고 할 수 있다. 그러나 가장 큰 원인은 징병제의 철폐에 있는 것이 아닌가 한다. 천황에의 충성을 절대가치로서 정립해놓고 황국 신민으로서의 교육을 철저화해도 전전戰前 일본의 청년들에겐 징병의 의무라는 것이 정신적·육체적으로 커다란 부담이었던 것이다.

청년의 한 시기를 도려내어 자기 자신 이외의 일을 위해 희생

해야 한다는 각오도 부담이 되겠거니와, 그것이 바로 죽음에 이어질지도 모른다는 예감과 공포는 사람의 정신을 왜곡하기 마련이다. 2차 대전 시 일본의 이른바 가미가제 특공대神風特攻隊는 나라를 위한 결심이란 그저 순수한 면만으로선 보아 넘길 수가 없다. 항상 죽음을 대기하고 있는 초조에 견디지 못한 발작적인 면으로도 해석할 수 있을 것이다.

하여간 징병제의 철폐는 일본 청년들에게 생명의 광휘를 안겨준 은총이었다. 그 은총으로 인해 세계를 경제적으로 제패할 수 있는 활력을 얻은 것이라고도 할 수가 있다. 적군파赤軍派의 과격성, 풍전족의 퇴폐성—.

오늘날 일본 청년의 극한을 보여주는 소수의 이런 경향은 그 은총이 은총만으로 독행獨行할 수 없다는 부작용적 섭리라고도 보아진다.

어떤 기적이 나타나지 않는 한, 병역의 의무를 없앨 수 없는 오늘 우리나라의 상황에 앉아 이웃 일본 청년과 우리의 청년을 비교할 때 측은한 마음이 솟는다. 그러나 우리는 이러한 상황을 감내하면서 우리나라의 청년이 그들의 청년보다 우월해야만 하는 것이다.

그런 뜻에서 청년들 자신은 물론이거니와 교육자·정치인을 비롯해서 기성세대의 따뜻한 배려가 항상 청년들의 둘레에 공기처럼 미만彌滿해 있어야 한다고 믿는다.

일본인, 그 기막힌 정치적 천재들

1억이 넘는 일본인 그 가운데는 몽고인 이상으로 몽고인을 닮은 사람이 있을 것이고, 폴리네시아인 이상으로 폴리네시아인을 닮은 사람도 있을 것이고, 기타 등등 어느 인종에 속한다고 보아야 할지 분간 못할 사람들도 부지기수일 것이다. 그러니 현존 1억에 몇 배가 될 기왕의 인구까지를 합쳐 그 일본인들을 하나의 유형으로 통분通分해본다는 것은 사실상 불가능한 일이다. 역시 여기에도 일반론은 성립되지 않는 것으로 된다. 그런데도 일본인이라고 하면 빗방울이 뿌려진 유리창 너머로 보이는 한 구획 풍경화처럼일망정 비교적 선명한 하나의 이미지가 떠오르는 것은 이상한 일이다. 확실히 추상화할 수 있는 일본인이란 것이 존재하는 것이다. 일본인이란 추상 개념抽象槪念이, 어떤 일종일 경우에도 무방한 예가 성립된다는 것은 그만큼 일본인이 일체감을 가지고 있다는 뜻으로도 된다.

나는 그들의 일체감에 중점을 두고 일본인은 경제 동물이기에 앞서 정치 동물로서 단연 세계에 그 유례를 볼 수 없을만큼 월등한 존재라고 생각한다. 아리스토텔레스가 말한 정치적 동물 따위의 정도가 아니다. 그들은 정치 동물로서 월등하기 때문에 오늘날 세계에 관절冠絕한 경제 동물이 될 수 있었던 것이고, 그 덕택으로 문화적인 자질마저 인정받기에 이른 것이다.

이러한 나의 의견을 증명하기 위해서는 그들의 이른바 2,000여 년의 긴 역사까지 들출 필요는 없다. 2차 대전에 패전한 1945

년 8월 15일부터 시작해도 된다.

일본인은 맥아더 원수元帥를 조종하는 데서부터 그 정치 기술을 발휘하게 되었다. 그들은 맥아더를 점령군의 사령관이라기보다 그들에게 평화를 가져다준 위대한 은인으로서 심복하는 척하는 연극을 꾸몄다. 이런 의도는 이심전심, 삼척동자로부터 팔순 노인에게까지 침투되었다. 우익 정치인과 그들을 추종하는 대중들은 맥아더를 민주주의의 교사로서 흠모했고, 좌익과 그를 추종하는 대중들은 봉건 제도의 사슬에서 자기들을 풀어준 해방자로서 맥아더에게 찬사를 아끼지 않았다. 고왕금래古往今來, 동서를 막론하고 맥아더가 일본에서 받은 것처럼 피점령 지역의 인민들로부터 존중을 받는 점령군 사령군은 절무하다.

맥아더는 흡족한 나머지 일본인의 정신 연령은 12세밖에 안 된다고 갈파하고, 사령관이라기보다 유치원장의 아량으로서 일본에 군림했다. 이럴 때의 일본인의 연기는 멋졌다. 속으론 혀를 내밀면서도 겉으론 맥아더의 일본 인구 세설日本人口歲設을 지당한 인식인 양 받들고 교태를 부리기까지 했다. 어제까지의 그 무사도, 그 대화혼大和魂, 그 염치, 그 당당했던 기개는 어디에 감추어 버렸는지 귀신이 곡할 노릇이었다.

맥아더는 원래 동상銅像이 되기 위해 이 세상에 태어난 사람이고 보니 동상으로서의 사명을 다할 셈으로 일본에게 평화 헌법을 만들어주었다. 일본의 완전 보장은 미국이 책임을 질 터이니 너희들은 장사나 잘해 평화와 번영을 누리라는 탁선託宣이었다.

이로써 일본의 정치 기술은 제1단계의 성공을 거두고 제2단계로 넘어간다.

평화 헌법의 덕택으로 일본의 좌익은 급격하게 성장했다. 그들은 반미적反美的인 색채를 가졌다.

그런 사실을 미끼로 일본 정부는,

"일본이 적화赤化되느냐 안 되느냐의 역사는 미국의 아량 여하에 있다. 우리는 그 사나운 소련을 외면까지 하고 당신들과 단독강화를 하려는 게 아니냐?"

하는 반은 응석이고 반은 배짱을 내밀어 일본은 미국으로부터 최특혜最特惠를 받는 위치를 확보했다.

그런 과정에 한국동란이란 일본에 있어선 천행이라고 할 수 있는 기회가 있었다. 침체되어 있던 일본의 공업은 미국 군수 산업의 하청을 받고 일약 활기를 띠었다. 미국으로서도 전쟁 수행상 일본의 협력이 편리하기 짝이 없었다. 그 틈을 타서 일본의 상품이 미국으로 쏟아져 들어갔다. 미국이 이에 제동制動을 걸려고 하면 일본의 좌익들은 반미 데모를 했다.

그러면 일본 정부는,

"이것 큰일났소. 당신들이 양보하지 않으면 일본이 소련에 먹힐 판이오."

하고 비명을 올렸다. 뿐만 아니라, 미국이 일본에게 불리한 제안을 할 눈치만 보여도 좌익들은 들고 일어났다.

최특혜를 주고 있는 나라에 대통령 아이젠하워가 이미 작심

한 방문조차 거부당한 경우는 아마 일본을 두곤 없었던 일이 아니었던가. 그럴수록 일본 정부는 좌익의 위세를 빙자하고 미국으로부터 이득을 따냈다. 그러다 보니 그 주산업이 자동차 공업이고 전기 제품 공업인 미국의 거리에 일제 자동차가 범람했고, 미국의 가정에 일제 전기 기구가 환통을 치는 결과가 되었다. 그런데도 미국은 꿈쩍하지를 못했다. 일본인 전부를 협력자로 한 좌·우익 합세한 연기적 정치 기술을 당해내지 못하는 것이다.

얼마 전, 미국의 업자들이 일본 상품을 제압하기 위해선 보호무역제保護貿易制로 해야겠다고 건의하자, 카터 대통령은 인플레가 두려우니 그럴 수 없다는 대답을 했다. 일본의 성공은 이처럼 완벽하다.

2차 대전을 국제 시장을 둘러싼 전쟁이었다고 풀이할 때 그 대전에 승리한 나라는 미국이 아니고 일본이었다는 판결이 나온다. 첫째, 미국이 일본 상품의 입초入超 때문에 두통을 앓고 있을 정도이니 하는 말이다. 기왕에 무력으로서 할 수 없었던 것을 일본인은 그들이 일체가 된 정치 기술로써 달성한 셈이다.

결론부터 말하면 일본은 보수당인 정부와 공산당을 비롯한 야당들이 미리 각본을 써놓고 거기에 맞추어 때론 우방을 농락하고, 때론 우방을 회유懷柔하고, 때론 협박하는 등 연극을 하고 있는 것이다. 그 목적은 단 한 가지, '일본상사주식회사日本商事株式會社'의 육성에 있다. 그들은 민주주의마저도 상술로서 이용한다. 결과적으로 말해 야당의 대정부안, 또는 반대도 상술의 범위를 넘어서진 않는다. 그 가장 좋은 예가 한때 물의를 일으켰던 대륙 붕 개발 문제이고, 북괴 대의원단의 문제이다.

이와 같은 정치 기술의 마지막 공정을 담당하는 일본의 관료 기구 또한 중요하다. 일본주식회사원으로서의 관료의 술수術數 가 얼마나 능란한지 어느 미국인이 폭로한 기사가 있다. 가령 미 국에서 어떤 식료품이 일본의 항구에 도착했다고 하면 일본의 세관은 일본의 규제에 맞는 방식으로 전부 재포장을 시킨다. 이 수속과 시간이 복잡하기 짝이 없다. 그런데 그 고비를 넘겨 겨우 통관을 하고 나면 일본 특유의 복잡한 유통 과정이란 장벽에 부 딪힌다. 이를테면 제약상으론 허용되어 있는 것도 관료들의 술 수에 걸려 진이 빠져 드디어 장사를 포기해버리는 경우가 있다 는 것이다.

그런데 이러한 일본주식회사의 체면을 구하는 역할을 맡은 족 속들이 있다. 이른바 문화인들이다. 이들은 세계의 걱정을 도맡 아 한다. 비아프라에 사건이 생기면 비아프라 걱정을 하고, '베 본연本連' 같은 것을 만들어선 베트남 걱정을 한다. 자기들 정부 에 대한 욕설도 삼가지 않는다. 그럼으로써 외국인이 해야 할 비 난을 내부에서 해버린 꼴이니 외국인은 새삼스러워서 함구緘口 하고 만다.

그들은 활달하게 세계 방방곡곡으로 돌아다닐 수 있다. 그런 여유는 물론 비싼 원고료 때문에 생긴 것이고, 비싼 원고료를 지불할 수 있게끔 환경을 만든 것은 경제 대국 일본을 이룩한 자본가들과 노동자들일 텐데도 그들은 서슴없이 경제 동물이란 멸칭蔑稱을 사용한다. 역시 결론적으로 말하면 일본주식회사가 상실하고 있는 도의와 체면을 문화인들이 감당해주기로 각본이 되어 있는 것이다.

뿐만 아니라, 텔아비브 공항에서의 참극, 요도 호의 납치, 적군파 사건 등 세계의 이목을 끄는 해프닝도 있다. 그런데 이런 것마저도 일본주식회사가 내걸고 있는 민주주의란 간판을 극채색極彩色하기 위한 수작들이라고 이해하는 것이 진실에 가깝다. 이를테면 일본엔 '정부가 하는 일에 뭐든 반대한다'는 모임이 있다고 들었는데, 그런 모임까지 합쳐 일본인은 각자 나름대로의 연기를 통해 공동 목표 달성을 위해 정치 기술을 집약적으로 발휘하고 있는 것이다.

일전 일본의 모 원로 언론인이 서울에 와서 자기 나라의 현역 정치가들을 그 도의심의 결핍을 지적하며 맹렬히 비난했다.

나는 그 비난을 액면 그대로 들을 수가 없었다. 현역 정치인들은 원래 도의 같은 것엔 아랑곳없이 일본주식회사의 이익만을 추구하는 지배인 역을 맡고 있다. 그런 인식을 그 원로 언론인이 모르고 있다고 해서야 말이 안 된다.

나는 그 언론인이 미리 짜놓은 각본에 있는 대사를 하기 위해 서울에 온 사람일 것이라고 짐작했다. 구체적으로 말하면 일본주식회사까지 포함한 일본 극단의 일원일 것이다.

일본은 하나의 주식회사인 동시에 인구 1억을 총연기자總演技者

로 하는 하나의 극단이기도 하다.

　정말 멋지고 기막힌 극단이다. 연기력이 그냥 정치 기술로 통할 수 있으니 말이다. 일본인 1억 총연기자설은 100년 후의 사가史家가 쓸 말을 미리 해버린 셈으로 되었는데, 이 설設에 이의를 제기하는 사람이 있다면 나는 언제이건 토론에 응할 용의가 있다.

　일본인은 비겁한 이웃이란 것이 기왕에 있어서의 나의 일본인에 대한 관념이었는데, 나는 요즘 이런 생각을 말쑥이 지워버리기로 했다. 우리는 일본인의 그 연기력에 탄복하고만 있으면 된다. 그 천재적인 정치 기술에 경탄하고만 있으면 된다는 생각으로 바뀐 것이다. 그러나 가능만 하다면 나는 내 개인만이라도 이러한 일본인을 경이원지敬而遠之하고 살고 싶은 마음 간절한 바 있다.

불행에 물든 세월
-나의 해방 30년-

　그동안 이 지상에서 사라진 고인들을 헤아려보는 심정이 앞선다면 해방 30년에 대한 나의 회상은 암울하기 짝이 없다는 이야기가 된다. 회상이 암울하다는 것은 곧 그동안을 겪어온 나의 생활을 실패한 것으로 칠 수밖에 없다는 증거이기도 하다.

　민족의 역사는 찬란한 광채로서 30년을 관류貫流했는데, 내 생활만이 실패한 것이라면 낙백落魄의 비애를 의구한 청산과 덧없는 부운浮雲에 탁托하고 체관諦觀을 감상할 수도 있을 것이다. 그러나 비애는 역사의 빛깔이기도 하다.

어느덧―그렇다, 어느덧이다. 지난 30년 동안 나의 부대父代는 말쑥이 사라졌다. 백부伯父, 중부仲父, 부친을 비롯해서 10촌 이내의 나의 숙항叔行은 모조리 세상을 떠났다. 외가의 경우도 마찬가지다. 순리대로라면 우리 집안에선 앞으로 세상을 떠나야 할 서열 제1번을 내가 차지한 셈으로 되었다.

누군가의 시에 자고유일사自古有一死라고 하곤 영렬횡추천英烈橫秋天으로 결구結句한 게 있지만, 일사一死는 확실하고 영렬은 꿈꾸어 볼 수도 없는 것이니 인생의 허망에 압도되어 역사의 의미는 퇴색하는 느낌이다. 하지만 묻지 않을 수가 없다. 해방이 내게 있어서 어떠한 의미를 가졌느냐고.

열일烈日은 일시 중천에 멎고 산하는 순간 숨을 죽였다. 하나의 섭리가 끝나고 또 하나의 섭리가 새로이 시작하려고 할 때 시간과 산하는 숙연하다. 그 연월일이 바로 1945년 8월 15일.

나는 해방의 감격을 이렇게 쓰기 시작한 적이 있지만, 그 의미의 모색은 언제나 한 사람의 죽음과 더불어 비롯된다.

내겐 이광학李光學이란 친구가 있었다. 이 사람을 아는 사람은 많다. 그러니 거리낌 없이 말할 수가 있다. 벗으로서의 정의에 있어서, 교사로서의 성실에 있어서, 지성인으로서의 명철에 있어서 젊은 나이인데도 능히 사회의 모범이 될 만한 인물이었다.

학원다운 학원을 만들기 위해 당시 팽배했던 정치 세력과 감연히 대결하긴 했지만 결단코 교육자로서의 직분과 인간으로서의 도리를 넘어선 적은 없었다. 학생을 대할 땐 좌우익에 구애하지 않는 공평한 태도를 취했다. 학생 가운데 좌익에 가담한 탓으로 관청에 체포되는 일이 있으면 사재私財를 써 가면서 구명에 애썼다. 덕택으로 무사하게 된 학생은 수십 명에 이른다.

그랬는데, 6·25 당시 진주가 실함失陷되자 그는 좌익계 학생들에게 붙들려 드디어는 괴뢰군에 의해 학살되고 말았다. 좌우투쟁에 있어서의 학살, 전시에 있어서의 참사가 새삼스럽게 문제될 수 없을 만큼 죽음이 범람 상태를 이루고 있었지만, 이광학 같은 인물만은 그렇게 죽어선 안 되는 것이었다.

그의 죽음으로 미루어 많은 그와 같은 죽음을 상상할 수 있을때 이광학 군의 운명은 개인적인 슬픔을 넘어 상징적인 의미를 띠게 되었다. 그의 좌절은 민족의 희망으로서의 좌절이었다. 그의 죽음과 더불어 나의 8·15에 대한 감격은 끝났다. 해방과 뒤이은 세월의 의미는 그의 죽음으로 해서 내게 집약되었고, 그 집약된 감회가 해방 30년을 조명하는 시점, 이른바 나의 광학光學으로 굳어졌다. 내가 공산당의 생리와 병리에 각별한 관심을 갖게 된 동기가 바로 여기에 있다.

나는 공산당을 양두羊頭를 걸어놓고 구육狗肉을 파는 정도의 사기라기보다 초콜릿으로 어린애를 꾀는 유괴범으로 보았다. 과학으로 의장擬裝한 독단이 무서운 영향력을 발휘하는 작용을 보았다. 의장하는 트릭으로서 더욱 과학적으로 보이고 필요한 대로의 과학을 비과학적으로 원용援用하는 술수에 의해 독단이 때론 어떤 이상적인 노력보다도 설득력을 가진다는 사실의 발견은 한편 놀라움이기도 했다. 이상理想의 제시로서 순진한 정열을 유혹해선 복수 심리에 불을 붙여 폭도화하는 전술도 파악할 수가 있었다.

노동자와 농민의 의사를 횡령해서 소수 관료의 독재 체제를 만들어 노동자와 농민을 배신하는 방향으로 끌고 나가면서도 끝내 노동자와 농민을 위한다는 '카리스마'를 심어나가는 과정에서 취해지는 가혹한 탄압에 인류의 적을 보기도 했다. 그리고 이와 같은 소수 독재의 권익과 야심을 위해선 동족상잔의 전쟁마저 불사할 정도로 수단과 방법을 가리지 않는 집단이란 공산당의 실상을 인식했다.

이에 따라 내가 얻은 교훈은 공산주의와 공산당은 진리와는 무관한 권력욕과 영달의 야심만으로 이루어진 집단이란 것과, 그 방식을 통해서 그들이 내건 목표에마저 도달할 수 없을 뿐 아니라, 인류의 행복과 복지에 이를 수 없다는 결론이다. 유물 사관唯物史觀이 일부의 진리를 가졌다고 해서 그로써 역사 전체를 바르게 풀이할 순 없는 것이며, 그나마 공산당이 독점할 성질의 것이 아니다. 마르크스주의에 일부의 진리가 있다고 해도 필요에 따라 물을 타서 원용해야만 유용할 수 있는 약물에 비함직은

하지만, 그대로는 독일 수밖에 없는 것인데, 소련을 종주국으로 하는 오늘의 공산당은 그런 마르크스주의와도 별개의 집단이란 것을 아이작 도이처를 비롯한 여러 학자들이 밝히고 있다. 이미 밝혀진 스탈린의 범죄, 또는 솔제니친, 시냡스키를 통해 폭로된 그 가공할 참상을 들먹이지 않더라도 공산당과 공산주의의 악은 새삼스러운 증명을 필요로 하지 않는다.

그러나 이와 같은 공산주의를 반대하려면 그 입장이 분명해야 한다. 파시즘적 입장의 반대는 사악에 반대하는 사악의 도식圖式을 벗어나지 못한다. 경제적으로는 노동자와 농민의 권익 대변을 공산당에게 독점시킬 수 없다고 주장할 만한 토대를 갖추어야 하며, 인도적으론 공산당적인 억압을 악으로서 규탄할 만한 도의의 바탕을 구축해야 하고, 정치적으론 국민의 의사를 골고루 집약하고 반영할 수 있는 체제를 전제해야 한다.

다시 말하면 공산주의에의 반대는 경제적인 요청을 곁들인 민주주의 일체의 반 인간적 조건에 항거하는 휴머니즘의 입장에 서야 하는 것이다. 파시즘과 이와 유사한 방식에 있어서의 반공反共은 결과적으로 공산주의의 불길에 연료를 보태 주는 것으로 된다.

필리핀의 막사이사이가 대통령 당시 내외 신문 기자들로부터 공산당에 대처할 방책에 관한 질문을 받고 그는 다음과 같이 말했다.

"군사적 위협으로서의 공산 세력은 필리핀 내에서 쉽게 소탕

할 수가 있다. 그러니 별반 문제될 건 없다. 그러나 공산주의 사상의 온상이 될 수 있는 불평과 불만의 조건은 광범하게 존재한다. 공산주의를 없애는 노력은 이러한 불평과 불만의 원인이 되는 조건을 없애는 데 있는데, 그렇게 하자면 시간과 인내가 필요하다."

나는 그 기사를 읽고 막사이사이야말로 공산당과 공산주의의 진상을 인식하고 문제의 본질을 파악하고 있는 진정한 반공 지도자라고 느꼈던 것이다.

그런데 나의 이와 같은 반공적 이념은 경찰적·군사적 반공주의, 직업적 반공주의, 이를테면 관허官許의 반공주의와 다소의 괴리乖離된 점을 갖지 않을 수 없었다. 가까운 시일에 그 경위를 소상하게 기술할 기회를 가질 예정이지만, 이러한 괴리가 오해를 낳고, 그 오해가 나의 사회생활을 좌절케 했다.

생각하면 나의 해방 30년은 공산주의와의 사상 격투가 그 내용이라고 해도 과언은 아니다. 교사로서의 10년 동안, 언론인으로서의 20년 동안 나의 교육 활동, 문필 활동은 전술한 바와 같은 반공 이념을 그 축으로 하고 있었던 것이다.

어느 평자는 나의 문학을 회색의 군상을 대변하는 문학이라고 했다. 나는 반공이 직업이 될 수 있고 훈장에 통할 수 있는 풍토에서 너무나 안이한 반공주의에 반발한 나머지 진정한 휴머니즘에 입각한 대결을 시도했고, 앞으로도 그럴 작정인데, 보다 진실한 것에의 몸부림이 회색을 빚게 했다는 뜻으로 그 평자의 회색 이론을 감수한다. 그러나 회색은 진실의 빛깔일 순 있어도 행복의 빛깔은 아니다. 그렇게 볼 때 나의 30년은 결국 불행에 물든 세월이었던 것이다.

일전 진주에서 김金 씨란 선배와 성成 씨란 선배가 나를 찾아왔다. 둘다 내겐 9년쯤 연상이다. 김 씨는 보다 참된 생에의 정열을 모교의 스포츠에 쏟고 있는 인물이며, 성 씨는 일제 때 받은 고문의 탓으로 거의 산송장으로서 30년을 견뎌온 사람이다.

주석酒席에서 해방 30년의 감회가 화제에 올랐다. 해방 30년 동안에 얻은 것이 무엇이며 잃은 것이 무엇이냐는 것이다.

'잃은 것은 청춘이고, 얻은 것은 회한悔恨'이란 감상이 앞선 얘기들이었는데, 나는 진실로 그런 것이야말로 문제 삼아 볼 만한 문제라고 생각했다.

그랬는데 뜻밖의 얘기가 나왔다. 성 씨는 1942년 독립운동(좌익계가 아님)을 한 탓으로 일경에 체포되어 해방과 더불어 풀려나온 인물인데, 그를 고문해서 산송장을 만든 장본인인 고등계 형사 하河 씨가 거부巨富가 되어 지금 부산에 살고 있다고 했다. 하씨의 이름은 나도 잘 알고 옛날 부산 수상경찰서에서 한 번 본적도 있다. 그러나 거부가 되어 있다는 건 그때가 초문이었다.

일제 때의 고등계 형사가 오늘 거부가 되어 있다고 해서 이상할 건 없다. 능력과 노력과 행운이 있으면 되는 일이다.

우리 사회의 관용을 빚을 수 있는 척도이기도 하니 나쁠 것도 없다. 성 씨가 오늘날 낙백해 있는 건 일제 때의 고문에 그 원인이 있을진 모르나 보다도 성격과 능력의 탓으로 돌릴 수가 있다. 그러니 새삼스럽게 일제 시대의 고문자·피고문자로서 하 씨와 성 씨를 대비시켜 왈가왈부할 까닭은 없다. 그러나 어딘가 석연치 않은 구석이 없다고 할 수는 없다. 성 씨와 하 씨에 관한 한 해방 30년의 뜻이 전혀 없기 때문이다.

보다 더 일본과의 유대가 절실하게 요청되는 이즈음 하 씨는 기왕의 경력과 인적 결연을 살려 자기의 사업을 유리하게 전개할 수 있는 이점을 갖고 있기까지 하다.

"자네가 할 수 있는 유일한 사업은 그 하 씨의 대저택 담벼락에 붙어 행려병사行旅病死할 일이다. 그로써 성 모成某의 인생은 하나의 의미를 만든다."

친한 사이니까 김씨는 이런 말을 해보는 것이겠지만, 결코 농담으로 들을 얘기가 아니었다. 성 씨는 눈만 깜박거리며 술잔을 기울였다.

100억 달러 수출, 국민 평균 소득 1,000달러를 목전에 두고 나라는 전진하고 있다.

그 저편에 빛나는 장래가 있기도 하다. 그러나 해방의 보람을 다하지 못하게 한 것, 6·25를 있게끔 했고, 앞으로도 있게 할지 모르는 공산당과 휴전선의 문제는 해결은커녕 더욱 기괴한 문제로 남아 그 그늘로서 우리의 생활을 암울하게 물들이고 있다. 이럴 때 나와 성씨의 30년은 아무리 비통하다고 해도 결국 하찮은 개인의 감상일 뿐이다.

학병 세대의 삶에 대한 이해와 공감

추선진 경희대 국문과, 문학박사

1.

　이병주의 글은 자신과 자신이 처한 현실에 대한 치열한 성찰 작업의 결과다. 일제 강점기 식민지 유학 지식인으로서 학병으로 징집되었고, 한국 전쟁을 겪었으며, 필화 사건으로 투옥되기도 했던 이병주에게 글쓰기는 자신의 체험을 기록하는 것을 통해 자존감과 주체성을 회복할 수 있는 대안이자 현실을 개선할 수 있는 힘이다. "인간에게 인간을 알리는" 것을 통해 현실을 재정립할 수 있는 펜의 힘을 믿는 이병주는 다양한 글쓰기를 통해 문화의 기록자로서의 소명에 충실하고자 했다. 이병주의 수필들을 모아 엮은 《긴 밤을 어떻게 새울까》에는 1970~1980년대의 한국과 한국인, 문학과 문학가에 대해 기록하는 이병주가 있다.

이 수필집은 네 개의 장으로 구성되어 있으며, 각 장에서 이병주는 자기반성을 하거나 당대 현실과 사람들, 정치와 전쟁에 대해 비판한다. 문학의 본질과 문학의 역할에 대한 논의와 함께 인간애의 중요성을 강조하기도 한다. 미국과 일본 등 세계에 대한 인식과 세계적 명사들에 대한 개인적인 견해도 나타난다. 뿐만 아니라 그의 소설을 통해 짐작되곤 했던 공산주의에 대한 자신의 입장을 표명하기도 한다.

2.

첫 번째 장인 〈긴 밤을 어떻게 새울까〉에서 이병주는 각박한 당시 세태에 대한 비판과 함께 인간애를 고양시키는 것이 인생에서 승리하는 길임을 강조한다. 인간애를 고양시키는 것이 곧 문학의 역할이며 본질이므로 문학은 인간을 구원할 수 있는 방법이다. 문학은 이병주 자신에 대한 구원책이기도 하다. 학병 세대로서의 자기반성은 이병주 소설의 원형이 되는 죄의식의 근원이기도 한데, 이 수필집에도 어김없이 등장한다.

나는 내 개인의 인간적 실패를 청춘의 부재에서 그 원인을 찾고 끝없는 회한에 사로잡힌다. 자기주장에 앞서 타협을 배워버린 스스로의 비굴함을 일제의 그 가혹한 체제를 감안하더라도 나는 아직껏 용서할 수가 없다(19~20쪽).

　이병주는 자기비판을 거친 후 자신을 포함한 학병 세대에게 "청춘을 창조하자"고 제안한다. 일본군으로 징집되어 노예의 시간을 살았던 학병 세대에게 "청춘"은 없다. "욕된 과거"만이 있을 뿐이다. 이병주는 "욕된 과거를 청산"하기 위해서는 자기반성과 함께 위선과 타협의 태도를 버리고 인간애를 회복하기 위한 주장을 활발하게 내세워야한다고 강조한다. 인간애의 회복을 지향하는 이병주의 글쓰기는 곧 학병 세대로서의 잃어버린 청춘을 되찾기 위한 작업이다.

　두 번째 장인 〈오욕의 호사〉에서 이병주는 문필가로서 가지게 되는 무력감에 대해 고백한다. 문학은 현실을 바꾸기에는 무력하다. 그러나 문학은 "인간의 기록, 인간의 진리를 담고, 어떤 정치 연설, 어떤 통계 숫자, 어떤 판결의 이유보다도 짙은 밀도와 호소력을 지니고" 있기에 정치와 경제, 사회는 문학을 부흥시키는 데 힘써야 한다고 주장한다. 아울러 예술을 통해 오욕의 호사를 배움으로써 생명에 대한 사랑을 되찾을 수 있었다고 고백한다. 사로얀, 도스토옙스키, 사르트르, 링컨에게 경외심을 표하는 이병주는 한국에서는 문학가나 사상가를 경시하는 풍조 때문에 이러한 위인이나 사상의 지도자를 찾을 수 없다는 한탄을 하기도 한다.

　세 번째 장인 〈자유의 다리〉에서 이병주는 전쟁과 정치의 잔

악성에 대해 비판한다. 학병으로 전쟁에 동원되었으며 한국 전쟁을 체험하기도 했던 이병주에게 전쟁은 결코 빠뜨릴 수 없는 주제였을 것이다. 정치적인 논리로 인해 억울한 투옥을 당하기도 했던 그에게 정치 역시 거론하지 않을 수 없는 문제다.

> 정치는 최대 공약수적, 또는 최소 공배수적인 답안을 추구하지 않을 수 없는데, 개인은 그 메커니즘 속에서 스스로의 소우주를 지탱해가는 것이다. 그러니까 때에 따라서는 정치의 절사 작용에 걸려 소우주는 가루가 되게 마련이다.
> 따라서, 이러한 정치의 절사 작용을 승인하지 않을 수 없는 그만큼 개인에의 집착, 개인의 미의 추구가 치열해지고, 또한 진지해야만 한다고 믿는다. 문학의 사명은 여기에 있다(67~68쪽).

개인의 삶을 존중하는 정치에 대한 고민은 미국에 대한 관심으로 이어지고 "강한 시민"이 존재하는 미국의 제도에 대한 찬사로 귀결된다. 미국의 제도를 가지지 못한 사회에서 개인의 소우주를 지킬 수 있는 방법은 오직 문학에 있다는 것이 그의 주장이다. "정치의 절사 작용에 걸려" 파괴된 "소우주"에 대한 진혼곡을 남기는 것이 문학의 사명이다. 그의 소설이 역사에 기록되지 못한 사실들을 다루고 있는 것은 바로 이러한 생각 때문이다.

또한 이병주는 적이란 "잘못된 인식", "일종의 착각"이며 "유동적인 것"임에도 불구하고, 전쟁이 종식되지 않고 있음을 비판한다. 전쟁의 원인에 대한 천착은 전쟁으로 인해 이득을 보는 극소수의 강력한 사람들에 의한 것이라는 결론을 도출하게 하고 이병주는 "평화롭게 살자는 의지가 전쟁을 치르는 의지보다 더 강해야 한다는 사실을 알고 당혹"해한다. 이병주는 전쟁을 회피하기 위한 대안을 구체적으로 제시한다. "병역의 의무를 50세부터 가지게 할 것." 어떠한 지위에 올라 있더라도 이를 버리고 전쟁에 참여할 것을 제도화한다면, 전쟁은 절대 일어나지 않을 것이라는 그의 호언장담이 터무니없다고 말할 사람은 별로 없을 듯하다.

네 번째 장인 〈불행에 물든 세월〉에서는 한국인과 한국에 대한 성찰이 나타난다. 이병주는 한국인들이 서양인들의 철저한 자기반성을 배워야 한다고 주장한다. 자기반성을 거쳐 사대사상, 나태심, 안이함, 권모술수, 고식성 등에서 벗어나야 한국도 서양처럼 발전할 수 있다는 것이다. 그리고 일본어로부터 해방되기 위한 치열한 노력을 했던 일어 세대로서 제2 외국어로 일본어가 등장하는 상황을 바라보면서 느끼는 우려와 "자조를 바탕으로 이루어진 조국에의 인식"을 보이는 일부 사람들에 대한 질책, 징병제로 인해 우울한 청년들에 대한 배려도 촉구한다.

이 장에서 이병주는 해방 후 30년에 대한 감회와 공산주의에 대한 자신의 입장을 밝힌다. 이병주는 "해방 30년에 대한 회상"에 대해 암울하다고 말한다. 이병주는 그 이유에 대해 벗, 교사, 지성인으로서 "사회에 모범이 될 만한 인물"인 이광학의 "괴뢰

군"에 의한 죽음을 든다.

그의 죽음으로 미루어 많은 그와 같은 죽음을 상상할 수 있을 때 이광학 군의 운명은 개인적인 슬픔을 넘어 상징적인 의미를 띠게 되었다. 그의 좌절은 민족의 희망으로서의 좌절이었다. 그의 죽음과 더불어 나의 8·15에 대한 감격은 끝났다. (중략) 내가 공산당의 생리와 병리에 각별한 관심을 갖게 된 동기가 바로 여기에 있다(128쪽).

생각하면 나의 해방 30년은 공산주의와의 사상 격투가 그 내용이라고 해도 과언이 아니다. (중략) 어느 평자는 나의 문학을 회색의 군상을 대변하는 문학이라고 했다. 나는 반공이 직업이 될 수 있고 훈장에 통할 수 있는 풍토에서 너무나 안이한 반공주의에 반발한 나머지 진정한 휴머니즘에 입각한 대결을 시도했고, 앞으로도 그럴 작정인데, 보다 진실한 것에의 몸부림이 회색을 빚게 했다는 뜻으로 그 평자의 회색 이론을 감수한다. 그러나, 회색은 진실의 빛깔일 순 있어도 행복의 빛깔은 아니다. 그렇게 볼 때 나의 30년은 결국 불행에 물든 세월이었던 것이다 (131~132쪽).

이병주의 글에서 나타나는 공산주의에 대한 천착과 비판의 기원은 이광학의 죽음에 있었던 것이다. 이병주가 얻은 결론은 "공산주의와 공산당은 진리와는 무관한 권력욕과 영달의 야심만으로 이루어진 집단이라는 것"이다. 그리고 이병주는 자신이 공산주의에 반대하는 논리는 알려진 바와 다르게, "관허의 공산주의와 다소의 괴리된 점을 갖"고 있다고 주장한다. 이병주의 반공주의는 "반인간적 조건에 항거하는 휴머니즘의 입장"이기 때문이다. 뿐만 아니라 이병주는 일제 때의 고등계 형사가 거부가 된 현실에 대해서도 거론하면서 해방의 보람이 다하지 못하게 한 현실에 대해 비판한다.

3.

이병주는 그의 글쓰기가 그러하듯이, 《긴 밤을 어떻게 새울까》역시 "인간에게 인간을 알리는" 기록이 되어 현실을 재정립할 수 있는 힘이 되기를 바랐을 것이다. 현실에서는 선행이 악이 되거나 미덕이 악의 수단이 되거나 역사가 악을 선화하는 등 온갖 불합리한 상황이 벌어진다. 이때 문학을 통해 인간애를 배우고 악과 불행을 이해하고 공감하게 된다면 불합리한 현실을 극복할 수 있는 방법을 찾을 수 있게 될 것이다. 이병주는 이 수필들을 통해 한국과 한국인의 모습을 이해하고 문학과 문학가의 지향점에 대해 공감할 수 있기를 바랐다.

아울러 이병주는 《긴 밤을 어떻게 새울까》를 통해 역사 속에서 벌어진 자신과 자기 세대의 과오에 대한 반성의 과정을 빠뜨리지 않음으로써 "다른 세대의 불신"에서 벗어나고자 한다. 또한 자신의 세계관과 문학관에 대해 적극적으로 피력하는 것을 통해 작가로서의 위치도 재정립하고자 한다. 이러한 이병주의 글쓰기를 통해 우리는 학병 세대와 한 작가의 삶에 대해서도 이해하고 공감할 수 있는 기회를 가질 수 있다. 《긴 밤을 어떻게 새울까》의 의의는 여기서 찾을 수 있을 것이다.

1921	3월 16일 경남 하동군 북천면에서 아버지 이세식과 어머니 김수조 사이에서 태어남.
1933	양보공립보통학교 13회 졸업.
1940	진주공립농업학교 27회 졸업.
1943	일본 메이지 대학 전문부 문예과 졸업.
1944	와세다 대학 불문과에 재학 중 학병으로 동원되어 중국 쑤저우蘇州에서 지냄.
1948	진주농과대학과 해인대학(현 경남대학)에서 영어, 불어, 철학을 강의.
1954	문단에 등단하기 전《부산일보》에 소설《내일 없는 그날》연재.
1955	《국제신보》에 입사, 편집국장 및 주필로 언론계에서 활동.
1961	5·16 때 필화사건으로 혁명재판소에서 10년 선고를 받고 복역 중 2년 7개월 후에 출감. 한국외국어대학, 이화여자대학 강사를 역임.
1965	중편 〈소설·알렉산드리아〉를 《세대》에 발표함으로써 문단에 등단.
1966	〈매화나무의 인과〉를 《신동아》에 발표.
1968	〈마술사〉를 《현대문학》에 발표. 《관부연락선》을 《월간중앙》에 연재(1968. 4.~1970. 3.), 작품집 《마술사》《아폴로사) 간행.

1969	〈쥘부채〉를 《세대》에, 〈배신의 강〉을 《부산일보》에 발표.
1970	《망향》을 《새농민》에 연재, 장편 《여인의 백야》(문음사) 간행.
1971	〈패자의 관〉(《정경연구》) 등 중단편을 발표하는 한편, 《화원의 사상》을 《국제신보》, 《언제나 은하를》을 《주간여성》에 연재.
1972	단편 〈변명〉을 《문학사상》에, 중편 〈예낭 풍물지〉를 《세대》에, 〈목격자〉를 《신동아》에 발표. 장편 《지리산》을 《세대》에 연재. 장편 《관부연락선》(신구문화사) 간행. 영문판 〈예낭 풍물지〉, 장편 《망각의 화원》 간행.
1973	수필집 《백지의 유혹》(강남출판사) 간행.
1974	중편 〈겨울밤〉을 《문학사상》에, 〈낙엽〉을 《한국문학》에 발표. 작품집 《예낭 풍물지》 영문판(세대사) 간행.
1976	중편 〈여사록〉을 《현대문학》에, 단편 〈철학적 살인〉과 중편 〈망명의 늪〉을 《한국문학》에 발표, 창작집 《철학적 살인》(한국문학), 《망명의 늪》(서음출판사) 간행.
1977	중편 〈낙엽〉과 〈망명의 늪〉으로 한국문학작가상과 한국창작문학상 수상, 창작집 《삐에로와 국화》(일신서적공사), 수필집 《성-그 빛과 그늘》(서울물결사), 《바람과 구름과 비》(동아일보사) 간행.
1978	중편 〈계절은 그때 끝났다〉, 단편 〈추풍사〉를 《한국문학》에 발표. 《바람과 구름과 비》를 《조선일보》에 연재, 창작집 《낙엽》

(태창문화사) 간행, 장편 《망향》(경미문화사), 《허상과 장미》(범
우사), 《조선일보》에 연재되었던 《미와 진실의 그림자》(대광출
판사), 《바람과 구름과 비》(물결출판사) 간행. 수필집 《사랑받는
이브의 초상》(문학예술사), 《허상과 장미》(범우사), 칼럼 《1979
년》(세운문화사) 간행.

1979 | 장편 《황백의 문》을 《신동아》에 연재, 장편 《여인의 백야》(문음
사), 《배신의 강》(범우사), 《허망과 진실》(기린원) 간행, 수필집
《사랑을 위한 독백》(회현사), 《바람소리, 발소리, 목소리》(한진
출판사) 간행.

1980 | 중편 〈세우지 않은 비명〉, 단편 〈8월의 사상〉을 《한국문학》에
발표. 작품집 《서울의 천국》(태창문화사), 소설 《코스모스 시
첩》(어문각), 《행복어사전》(문학사상사) 간행.

1981 | 단편 〈피려다 만 꽃〉을 《소설문학》에, 중편 〈거년의 곡〉을 《월간
조선》에, 중편 〈허망의 정열〉을 《한국문학》에 발표. 장편 《풍설》
(문음사), 《서울 버마재비》(집현전), 《당신의 성좌》(주우) 간행.

1982 | 단편 〈빈영출〉을 《현대문학》에 발표. 《그해 5월》을 《신동아》에
연재. 작품집 《허망의 정열》(문예출판사), 장편 《무지개 연구》(두
레출판사), 《미완의 극》(소설문학사), 《공산주의의 허상과 실상》(
신기원사), 수필집 《나 모두 용서하리라》(대덕인쇄사), 《용서합시
다》(집현전), 소설 《역성의 풍·화산의 월》(신기원사), 《행복어사
전》(문학사상사), 《현대를 살기 위한 사색》(정음사), 《강변 이야

144

기》(국문) 간행.

1983 　중편 〈그 테러리스트를 위한 만사〉를 《한국문학》에, 〈소설 이
용구〉와 〈우아한 집념〉을 《문학사상》에, 〈박사상회〉를 《현대문
학》에 발표, 작품집 《그 테러리스트를 위한 만사》(홍성사), 고
백록 《자아와 세계의 만남》(기린원), 《황백의 문》(동아일보사)
간행.

1984 　장편 《비창》을 문예출판사에서 간행, 한국펜문학상 수상, 장편
《그해 5월》(기린원), 《황혼》(기린원), 《여로의 끝》(창작문예사) 간
행. 《주간조선》에 연재되었던 역사 기행 《길 따라 발 따라》(행
림출판사), 번역집 《불모지대》(신원문화사) 간행.

1985 　장편 《니르바나의 꽃》을 《문학사상》에 연재, 장편 《강물이 내
가슴을 쳐도》와 《꽃의 이름을 물었더니》, 《무지개 사냥》(심지
출판사), 《샘》(청한), 수필집 《생각을 가다듬고》(정암), 《지리산》
(기린원), 《지오콘다의 미소》(신기원사), 《청사에 얽힌 홍사》(원
음사), 《악녀를 위하여》(창작예술사), 《산하》(동아일보사), 《무지
개 사냥》(문지사) 간행.

1986 　〈그들의 향연〉과 〈산무덤〉을 《한국문학》에, 〈어느 익일〉을 《동
서문학》에 발표, 《사상의 빛과 그늘》(신기원사) 간행.

1987 　장편 《소설 일본제국》(문학생활사), 《운명의 덫》(문예출판사),
《니르바나의 꽃》(행림출판사), 《남과 여-에로스 문화사》(원음
사), 《남로당》(청계), 《소설 장자》(문학사상사), 《박사상회》(이조

출판사), 《허와 실의 인간학》(중앙문화사) 간행.

1988	《유성의 부》(서당) 간행, 대하소설 《그해 5월》을 《신동아》에, 역사소설 《허균》을 《사담》에, 《그를 버린 여인》을 《매일경제신문》에, 문화적 자서전 《잃어버린 시간을 위한 메모》를 《문학정신》에 연재, 《행복한 이브의 초상》(원음사), 《산을 생각한다》(서당), 《황금의 탑》(기린원) 간행.
1989	《민족과 문학》에 《별이 차가운 밤이면》 연재. 장편 《허균》, 《포은 정몽주》, 《유성의 부》(서당), 장편 《내일 없는 그날》(문이당) 간행.
1990	장편 《그를 버린 여인》(서당) 간행, 《꽃이 된 여인의 그늘에서》(서당), 《그대를 위한 종소리》(서당) 간행.
1991	인물 평전 《대통령들의 초상》(서당), 《달빛 서울》(민족과문학사) 간행, 《삼국지》(금호서관) 간행.
1992	《세우지 않은 비명》(서당) 간행. 4월 3일 오후 4시 지병으로 타계. 향년 72세.
1993	《소설 정도전》(큰산), 《타인의 숲》(지성과사상) 간행.
2009	《소설·알렉산드리아》(바이북스) 간행.
2009	중편 《쥘부채》(바이북스) 간행.
2009	단편집 《박사상회│빈영출》(바이북스) 간행.

2010	단편집 《변명》(바이북스) 간행.
2010	수필 《문학을 위한 변명》(바이북스) 간행.
2011	중편 《그 테러리스트를 위한 만사》(바이북스) 간행.
2011	단편집 《마술사∣겨울밤》(바이북스) 간행.
2011	《소설·알렉산드리아》 중국어 번역본 《小说·亚历山大》(바이북스) 간행.
2012	수필 《잃어버린 시간을 위한 문학 기행》(바이북스) 간행.
2012	단편집 《패자의 관》(바이북스) 간행.
2012	《소설·알렉산드리아》 영어 번역본 《Alexandria》(바이북스) 간행.
2013	단편집 《예낭 풍물지》(바이북스) 간행.
2013	수필 《스페인 내전의 비극》(바이북스) 간행.
2013	단편집 《예낭 풍물지》 영어 번역본 《The Wind and Land-scape of Yenang》(바이북스) 간행.
2014	소설 《여사록》(바이북스) 간행.
2014	수필 《이병주 역사 기행》(바이북스) 간행.
2015	소설 《망명의 늪》(바이북스) 간행.

김윤식

서울대학교 국어국문학과와 동 대학원을 졸업했고 1962년 《현대문학》에 〈문학사방법론 서설〉이 추천되어 문단에 발을 들여놓았다. 한국 근대문학에서 근대성의 의미를 실증주의 연구 방법으로 밝히는 데 주력했으며 1920~1930년대의 근대문학과 프롤레타리아문학이 가지는 근대성의 의미를 밝히고자 했다. 1973년 김현과 함께 펴낸 《한국문학사》에서는 기존의 문학사와는 달리 근대문학의 기점을 영·정조 시대까지 소급해 상정함으로써 뜨거운 논쟁을 불러일으키기도 했다. 현대문학신인상, 한국문학작가상, 대한민국문학상, 김환태평론문학상, 팔봉비평문학상, 요산문학상 등을 수상했으며 저서로 《문학사방법론 서설》, 《한국문학사 논고》, 《한국 근대문예비평사 연구》, 《황홀경의 사상》, 《우리 소설을 위한 변명》, 《한국 현대문학비평사론》 등이 있다.

김종회

경희대학교 국어국문학과와 동 대학원을 졸업했고 1988년 《문학사상》을 통해 평단에 나왔다. 김환태평론문학상, 한국문학평론가협회상, 시와시학상, 경희문학상을 수상했으며 2008년에는 평론집 《문학과 예술혼》, 《디아스포라를 넘어서》로 유심작품상, 편운문학상, 김달진문학상을 수상했다. 특히 《디아스포라를 넘어서》는 남북한 문학 및 해외 동포 문학의 의미와 범주, 종교와 문학의 경계, 한국 근대문학의 경계 개념을 함께 분석한 평론집으로 평가받고 있다. 저서로 《한국소설의 낙원의식 연구》, 《위기의 시대와 문학》, 《문학과 전환기의 시대정신》, 《문학의 숲과 나무》, 《문화 통합의 시대와 문학》 등이 있으며 엮은 책으로 《문학과 사회》, 《한국 현대문학 100년 대표 소설 100선 연구》, 《북한 문학의 이해》, 《한민족 문화권의 문학》, 《김종회 평론선집》, 《문학에서 세상을 만나다》 등이 있다.